最美的生命

丹真绒布 著

陕西师范大学出版总社

图书代号：SK16N1509

图书在版编目（CIP）数据

最美的生命/丹真绒布著. —西安：陕西师范大学出版总社有限公司，2017.1
ISBN 978-7-5613-8767-2

Ⅰ.①最… Ⅱ.①丹… Ⅲ.①故事－作品集－中国－当代 Ⅳ.①I247.81

中国版本图书馆CIP数据核字（2016）第288289号

最美的生命
ZUIMEI DE SHENGMING

丹真绒布 著

策划编辑 /	郭永新
责任编辑 /	尹海宏
装帧设计 /	邓雪梅
出版发行	陕西师范大学出版总社
	（西安市长安南路199号 邮编710062）
网　　址 /	http://www.snupg.com
印　　刷 /	西安市建明工贸有限责任公司
开　　本 /	720mm×1020mm　1/16
印　　张 /	16
插　　页 /	1
字　　数 /	135千
版　　次 /	2017年1月第1版
印　　次 /	2017年1月第3次印刷
书　　号 /	ISBN 978-7-5613-8767-2
定　　价 /	39.00元

读者购书、书店添货或发现印装质量问题，请与本公司营销部联系、调换。
电话：(029)85307864　85303629　传真：(029)85303879

感恩所有美好
做一个欢喜的人

此生，只为与你相见

◎ 丹真绒布

或许　你很难相信
去见你之前
我已经开始思念你
一如　梦里对母亲无尽的思念

你一直在我心里
没有从前　也没有永远
我在娑婆世界的每一次跋山涉水
都只为寻你
与你相见

寻你的路上
遇见了春光下的阴霾
盛夏迟暮的花
遇见了秋收时膨胀而贫穷的内心
还有冬日里划破了踟蹰的光芒
以及　无穷无尽的生与灭
喜与悲

寻你的路上
我不断和时间赛跑
因为　我不希望
如影随形的无常过早地破坏

我们之间的约定
我还带上了一个叫"从容"的朋友
他会让我们看清生命的真相
悦而不贪　苦而不怨
不乱了内心
不乱了方向

穿过白天黑夜　穿过大海草原
无论你我咫尺或天涯
无论你我缘深或缘浅
我无时无刻不在朝着你的方向　行走
因为我想早一些　再早一些
与你
相见

献
给

追求最美生命的修行人
世间所有的母亲
带来美好和快乐的人

最美的生命

我从小就生活在藏地，二十二岁之前一直在辽西寺佛学院松吉泽仁仁波切座下学习佛法，之后的十年我又致力于重建色登寺，所以我的生活几乎全和藏民有关，和修行有关。《最美的生命》这本书的七十多篇文章所记录的，都是我亲眼看到的美好的人和美好的事。我认识的大多数修行人都内心善良，虔诚精进。可能他们中的有些人穿得很破烂，吃得很差，甚至有人连居住的地方都没有，在很多世间人的眼里几乎就是乞丐，但我却认为，因为信仰和善良的力量，他们的内心纯净的如同水晶一般通透璀璨。看到这些纯朴的人，我就觉得他们有着最美的生命。

首先，我想把这本书献给书里写到的我的大恩上师和众多修行者，当然也包括追求最美生命的你们！

我经常想起我的母亲，从心底感恩她给予了我生命，给予了我一切。每个人都有生命，哪怕很小的一个虫子，它也有生命。大家都觉得自己的生命很重要，所以我们要珍惜我们的生命，也要尊重其他生命。愿大家都能够在自己的父母面前尽孝，并将所有众生都视为母亲一样去恭敬礼待！

我的母亲曾经和我说过：在你以后的人生里，也许你会拥有很多东西，比如地位很高，过得很快乐；也许你什么都没有，生活过得非常艰难。人生本来就是这样，有高有低，有起有落，无论高还是低，都要保持平静的心态。我们是释迦牟尼佛的弟子，佛陀说人的本性是既没有快乐也没有痛苦的。佛陀的这个教言我们一定不能忘记。人生虽有高低起落，但人的本性是没有快乐与痛苦的。能记住这一点，并且做到无论处于什么样的境地都保持清净的人，我觉得他的生命是最美的。

所以，我还想把这本《最美的生命》送给我的母亲和世间所有的母亲。

有次我和一位朋友一起喝咖啡聊天，那天的天气很好，大家的心情也不错，聊得非常开心。当时那位朋友跟我说：我们今天的一切都是快乐的，但以后也许不会再有这样的快乐了。因为可能我们再也没有机会见面了；或者即使有机会再见面，那时也有可能会因讨论一些问题意见不合而起争执；或者是大家都各怀心事，总之再次碰面聊天的心态和现在不一样了。

一切的本性都是无常的。在我们拥有快乐的时候，懂得珍惜就会更快乐，这样的快乐也会更难忘。如果我们知道珍惜当下的快乐，至少那一刻、那一天我们的生命是最美的。在此，我也把这本《最美的生命》送给所有给我们带来美好和快乐的人。

每当我讲起自己在色登寺、辽西寺佛学院学习生活的故事，汉地的朋友们总是很喜欢听，觉得自己对西藏和那些只在图片中看到过的藏民有了很多向往和了解。我很愿意做大家的朋友，欢迎大家来西藏！

　　写这本书，我是希望能够把我关于生命和修行的思考分享给大家。如果这本书里有一句话可以触动你的心灵，使你更快乐，让你的生命更美好，那我一定很欢喜！

　　扎西德勒！

丹真绒布

藏历火猴年八月十八日

目录 Contents

卷一 我小时候那些事

- 3 我希望你快乐
- 6 不看、不听、不想、不说
- 9 不想让注视我的人失望
- 12 除了思念,我还能用什么来爱您?
- 15 我们的心就像一面镜子
- 17 我去过的金刚亥母净土
- 22 心
- 25 我想成为这样的人
- 28 最大的快乐是知足
- 30 这是我的理想

目录 Contents

卷二 色登寺那些事儿

37　除了心以外，没有这个世界
39　你真的有信心吗？
42　时时记得善护念
46　你要忍得住
48　谁会永远陪伴你？
50　幸福是闪电
54　我们必须以牙还牙吗？
58　无常
61　是你的心，跨越了千山万壑

目录
Contents

卷三 我所知道的修行人

67　日嘎
69　丹姆
71　南珠
76　老喇嘛阿多
79　闭关三十年的修行者
83　流浪者和水做的白度母像
85　土登九美
87　旺扎的慈悲心
90　旺扎和他的转经轮
93　极简生活者

卷二 我所知道的修行人

96 把心修得像天空一样宽阔
100 不必太在意
104 香巴拉并不遥远
107 越简单越快乐

目录 Contents

卷四 做一个欢喜的人

113 把一份美好的感情变成珍珠
116 傲慢的山顶留不住智慧的水
119 花开的时候，树下是否还有人在等你？
121 红尘
124 你还不肯梦醒吗？
128 结婚
131 咖啡馆里的小金鱼
133 累了就放松吧！
138 你还能听到风的声音吗？
141 离苦得乐

目录
Contents

卷四 做一个欢喜的人

144 你杀害的是和你缘分最深的人
146 如水般流逝的时间
149 三年前的今天
151 生日快乐,死时亦快乐
154 世界上最近的距离就是生和死
156 要让世界因你更美好
159 这些包袱,你背得累不累?
163 最美的爱情是怎样的?
166 做一个欢喜的人

目录 Contents

卷五 修行到底要修什么

- 171 布施
- 174 慈悲不是挤眼泪
- 176 道场之外也是道场
- 179 佛珠
- 182 父母就是我们的佛
- 185 供养
- 188 管好你的脾气
- 190 喝杯咖啡提提神
- 194 活佛也是要修行的
- 197 没事洗洗心

目录
Contents

卷五 修行到底要修什么

200 牧童的发心
203 你的敌人是谁？
205 求佛
210 舍得，舍不得
213 十五的月亮
216 水晶
219 贪念
221 我们该具备的智慧
224 我愿为你承担一切的苦

卷一　我小时候那些事

我希望你快乐

欢喜是世间每个人都想拥有的，但是，真正能够欢喜的人并不多，或者说能一直让欢喜充满心间的人并不多。走在街上，我们看到的大多是沉重、迷茫而疲倦的面孔，因为，我们似乎知道要去的方向，但那其实只是今天要去的地方——家，或是学校，或是单位，一个暂时的目的地。因为对物质的欲望、对感情的放不下、对生死的无知，世间的很多人总是处在焦虑、急迫之中，很难有一点点的欢喜快乐。

我想谈谈欢喜心。

记得在我八岁那年，我妈妈陪我骑马回寺院，她一路唱着山歌，歌的大概内容是：

我们跋山涉水，一路上坡又下坡，走了大路走小路，然后我们还要过河，我们要走漫长的路。为什么我们要跋山涉水地去赶路？这就是我们前世定下的缘分，如果一路上你开心快乐，那你要珍惜；如果路上不顺心，那我来帮助你忏悔，我希望你快乐……

当时，我们骑着马，她在前我在后，不急不慢地顺着路走，一路上果然和她的歌唱得一样。那天，我很开心，因为专心听着歌。现在我都清楚地记得当时的阳光、路边的树木和妈妈唱歌的声音。

现在的我慢慢地理解了妈妈的心。她用歌声陪伴我、告诉我：你这么小就得离开老家去寺院，到那么远的地方去出家，一路上有上坡有下坡，就像人生，有顺利的时候也会有不开心的时候；既然我挡不住你前世的缘分，但是我可以陪你走。你是活佛，这是你的特殊缘分。未来，也许你会很幸福，或者也会有痛苦，这都是你应该欢喜面对的。我只希望你快乐！如果你快乐，我祈祷你越来越快乐；如果你不快乐，我就祈祷来帮你忏悔，我希望你快乐！

这不正是大乘佛教徒的发心吗？想要别人快乐，传递给别人快乐，帮助别人快乐。

有人说："人世间有这么多的苦，我们每天都沉浸在烦恼里，上师，您要我们思惟人身难得、生命无常、轮回过患、因果不虚，您让我们要有真正的出离心，哪有什么快乐呢？"

其实，我们生活在苦里，我们要离苦，我们要救度别人一起离苦，这和我们现在要欢喜快乐并不冲突，因为，我们终于不再执着，也不再迷茫。在这一世，我们有了努力的方向，知道什么是解脱，什么是成佛的道路，我们为什么要不快乐呢？当然，我们也知道，在我们到达彼岸的路上，会有上坡下坡，会有坑坑洼洼，会有坦途，会有美景。既然这条路是我们必须要走的，所有的苦是必须要承受的，那么，我们为何不以一种欢喜心去接受呢？

如果，我们每一天睁开眼睛，想到的是："我要为了救度众生而去学佛。"既然我们有如此大的愿心，就不太可能沉溺于懈怠而不精进。如果，我们每天都怀有欢喜的心去看待每一件事物：下雨的时候，欣赏雨滴；下雪的时候，欣赏雪景；花开的时候，我们欢喜花的美丽；花落的时候，我们欢喜果实即将成长；就算冬天树木没有了枝叶，我们也欢喜，因为树木正在酝酿来年的绿叶和花朵。只要你心里有欢喜快乐，所有的逆境和违缘都通过你的眼睛和你的心，过滤成帮助你修行的对境。

因为我们心里面希望别人都会很快乐，所以我们要努力地修行。

我想把妈妈鼓励我时说的话分享给大家：我希望你快乐！如果你快乐，我祈祷你越来越快乐；如果你不快乐，我就祈祷来帮你忏悔，希望你快乐！

不看、不听、不想、不说

在辽西寺佛学院学习的时候，我和我一个同学住隔壁。那时我有一个录音机，我经常在吃完午饭以后，用录音机放磁带听歌。

有一天他说："我中午要打坐两个小时，你不要放歌。"

我知道放歌会影响他，就说："好！"然后他就进去了。他在打坐之前，先洗了一件衣服挂在外面晒。

西藏的夏天，一会儿下雨，一会儿又出太阳。中午他进屋打坐，我就在自己房间里待着，没打坐，没放歌，也没念经。不到半个小时，天开始下起雨来，几分钟后他就出来收衣服。

我问："你打坐想起衣服了？"

他说："我打坐就听到雨的声音，听到雨声就想起了我洗的衣服，就忍不住跑过来收衣服了。"

其实，我们大部分人打坐或者念经的时候，往往都会这样：我们想要安住，但是坐着坐着，就想起了各种东西。平时我们该想东西的时候想不了，但是一上坐，各种从来没有过的念头都会冒出来，这也是我们的一种障碍。我们心里总是系念着太多的身外之物，所有的东西都惦记牵挂着，就算是在打坐，我们的心却一直睁着眼睛张望一切，伸着耳朵听闻四方，任何风吹草动都能让心去想、去念。

所以，一开始我们打坐的时间可以尽量少，但打坐的次数要多。比如打坐五分钟，休息一下，再打坐五分钟，再休息。要这样训练自己，不要轻易去起心动念，慢慢地，我们就能安住，下雨、刮风、别人大声说话都打扰不了我们的心。

除了打坐，在生活中，我们随时随地都可以修行。

有一次，我和我的一个朋友走在街上，突然那个朋友说："你看一下那个人。"

我说："看什么呢？"

"那个人走路很难看。"

我说："他走路好不好看，跟你有什么关系？"

他说："看到别人不好看的时候我就非常看不惯，心里很不高兴。"

我们有没有这样过呢？和我们有关无关的人，不管是做了什么还是说了什么，我们总要去听、去看、去评论，然后心里欢喜、讨厌或者嗔恨，我们看不惯的人根本没有意识到任何问题，而我们自己心里刹那间已经生起种种念头了。

所以在很多时候，我们应该尽可能不看、不听、不想、不说，不能老是看不惯这个人，看不惯那个人，觉得这个人说得不对，那个人做得有问题，总是有很多很多的意见。我们老是往外面看，就没有可能观自己的心和行为；我们要改变这样的状况，要时时看自己，时时观自心。一开始你会发现自己的过去并没有注意到的毛病，渐渐地，你还会觉得别人处处值得自己赞叹，那时，你已经在修行中变得越来越好了。

不想让注视我的人失望

现在想来,当我离开家来到色登寺出家的时候,我就已经是一个不愿让别人对我失望的人了,虽然那时我才四岁。

那时候是老喇嘛在照顾我,他会经常给我讲很多高僧大德、成就者或者色登寺第十三世活佛的故事。这些人对我来说虽然陌生,却让我感觉很亲切,因为我知道我每天学习的经典就是他们说的或写的。我学习藏文、学习念经,不管是学得好,还是出现了偏差,老喇嘛都可以找到一个合适的高僧大德或成就者的故事给我,他不用明确说什么。我不愿自己比我所敬仰的人差,我觉得他们都在某个地方注视着我、期待着我,所以我以后会加倍努力。

我的父母每年都会来看我,有时是父亲来,有时是母亲来,每次来都是住几天就得回家了,然后留给我的是一年漫长的等待,但我觉得那些日子都是最幸福的!很多个晚上,我会因为想念父母而睡不着觉,但是我想，他们一定不希望我这样，所以我要好好的。我的妈妈也是一个虔诚的佛教徒，她希望我做一个戒律清净的出家人，虽然她已经离开了我，但是，我觉得她的注视一直跟随着我。

七岁的时候，我到辽西寺见到我的上师松吉泽仁仁波切。之后，注视我的人不再是古时候的高僧大德了，而是一个真实的、亲切的、慈祥的、佛陀一般的老人。直到现在，他老人家的心还和我在一起。我想要把佛法学得更好、事情做得更好的动力就是：我一定不能让关注着我、教导着我的上师仁波切失望！所以，当我的上师让我回色登寺重修大经堂时，虽然当时我没有任何钱，要完成这个使命比登天还难，但是凭着对上师的信心和对色登寺的责任感，我很快回到了破旧的老寺院，开始艰难地重建。因为，我不想让注视着我的人失望，不管是色登寺的喇嘛觉姆、寺庙远近的村民信众还是我的弟子，我都想让他们满愿。

渐渐地，我有了很多朋友，也有了很多的弟子，有了许多对我很有信心的人和喜欢我的人。不管他们见不见得到我，我想我都不能让他们失望。

我希望，我一生当中能够一直这样努力弘法，帮助众生。希望那些注视我的人，在我离开这个世界的时候会想：色登活佛，他走的时候什么财产也没留下，但是他的一生都在坚持他的佛教观点，帮助过那么多的众生！我曾经喜欢过他，对他有信心是没错的！

我希望我能成为这样的人。

我想我走的时候什么都可以放下，不像世间的人要留下很多房子和钱才觉得踏实。我是出家人，就是不需要这些东西才出家的，死的时候我更不需要这些东西来牵挂我的心，干干净净，就仿佛我刚来到这个世界的时候一样。我觉得一个好的出家人就应该是这样。

有人说，您在寺院里做了那么多佛像，又建了坛城，会不会有牵念呢？

我想，我发心修建一座凡与之结缘都能够获得解脱的中阴文武百尊大幻化网坛城，并不是因为有很多钱才去修建的，也不是为了给自己建一个牵挂的，我是为了能让众生得到真实的利益。如果真有一些执念，我肯定会放下，但这是善缘。很多美好的东西如果执着了，过于喜欢，喜欢得放不下了，那反而成了困住我们的枷锁。我们就应该把那些美好的人和事，当成我们修无常的一个对境。

在我开心的时候会感恩这份善缘，因为这是我的福报；在我不开心的时候，我会想这也是我的缘分，我应该欢喜接受，努力忏悔，然后我很快就又开心起来。这，就是汉地人所说的境由心转吧。

除了思念，我还能用什么来爱您？

其实，我对母亲的思念，不只是在法会、节日或汉地的清明节才有的。

母亲在我十一岁的时候去世。我在离开母亲被迎请到色登寺出家之后，每年只能和母亲有短暂的几天相见。从世间的亲情来说，我和母亲团聚的时间很少很少，但是，她却是和我缘分最深的亲人，因为，至今我还能感受到母亲给予我的教育和温暖，我清楚地记得她和我在一起时的所有欢笑和那些快乐时光。直到现在，每当我面对困顿，面对疾病，感受到饥饿、痛苦和寒冷的时候，我都会想到我的母亲。对母亲的思念总是无穷无尽，如影随形而刻骨铭心。

在传统的清明节，对于亡故的亲人，除了思念，我们还能用什么来爱他们？

汉地的经典里，释迦牟尼佛在忉利天为母说法，地藏王菩萨去地狱救母，这是佛菩萨的孝道和超度。那么，我们凡夫俗子的孝道和超度应该是怎样的呢?

我在开始听法或讲法的时候总会说:天下所有众生都曾经做过我们的父母,为了救度他们暂时得到安乐、究竟成就佛果,我们要专心听闻佛法,之后精进修行!这时候,我就会想到我的母亲。

我一直在告诉自己,我要救度她!我要救度一切苦难众生!我不能为了自己的舒服和享受而放弃。母亲去世二十二年了,但是,我从来没有停止对母亲的思念;我在所有的法会、传法和每一天的早晚课上,都会为我的母亲做祈祷回向。所以,我们对亲人的超度应该是长久不停歇的。

你可以发愿:我要让我爱的人真正离苦,让他们和我一样,能够听闻佛法而精进修行。为此,你能做的事情有很多。你可以根据你的情况选择行持供养三宝、供灯、念经、念佛号、持咒语、施食超度、挂经幡、抄经、帮助穷苦的可怜人等善法。以后,你在行持所有善根的时候,记得要在心里发愿,而且要把这个功德回向给你的亲人和众生,让亡故的人借此功德不再受苦,并且能够往生净土;让健在的父母亲人身体健康、平安吉祥。就算我们的祖先亲人已经亡故抑或是往生千百年,只要我们诚心地将功德回向给他们,都是能够利益到他们的。而且,我们想要帮助他们,任何时候都不会太晚;不管他们是多久以前去世的,对他们都会有帮助。

但是,千万不要为了缅怀自己的亲人而去造作杀业。用杀鸡宰鱼的方式祭奠亡故的亲人,这无异于在加重亲人们的痛苦。

心的力量是非常强大的!你的愿心可以和佛菩萨连接,可以和你亡故的亲人连接,只要你真心真意坚持去做,他们一定会得到最究竟的解脱；如此，你真的是用你最好的方式利益和爱了他们。关键是你要去做，并且是长久不停歇地去做。这不是负担，而是你作为大乘佛子，爱你亲人的最好方式，也是你帮助众生的最好方式。

我们的心就像一面镜子

很小的时候我就在色登寺生活，寺庙是我的家，老喇嘛、堪布和管家就是我的家人。我所受的就是佛教教育，上师、老喇嘛告诉我最多的就是：你要度众生。

而我，从四五岁起遇到任何事情，总是以佛教的观点去看待、去思考，所以直到现在，在我心里很难会有自私的想法。就算小时候有特别难过的事，我也只会在佛菩萨面前祈祷忏悔，而不会怨恨，更不会起恶念。等我年龄越来越大后，早就忘记了过去不愉快的人和事，心里很轻松。而世间的许多人，包括有些学佛的人，虽然已经认识到应该放下，也在进行闻思修了，可是往往行为上出离了，心却还没有出离，计较很多人和事。所以，我们要时刻关注自己的发心，无论做什么事情，仅仅想了就做还是不够的，更要观察自己做这些行为的动机是什么，是不是只为了自私的愿望？

仅仅能放下过去的烦恼还不够，我们还要学会不被眼前的东西牵扯。

有时我们特别容易被外在的景象所吸引，比如好看的衣服、豪华的房子，都是我们喜欢的。我们看到漂亮美好的东西会心生欢喜，在我们看到别人拥有这些时应该发自内心随喜，但很多时候，人们没有管好自己的心，就会有执念和贪心，会想着如何才能像别人一样拥有这个，为了拥有这个我该做些什么，一时间杂念纷飞。当我们眼睛看到的美好进入了心，开始起心动念，又产生出种种念头的时候，我们就该提醒自己了。

我想，我们需要随时关照自己的心，然后才可能发现，这个自以为在修行的心里，居然有那么多杂念啊！

我们的心就像一面镜子，所有映现在上面的东西，都似乎是我们不能把控的：我们眼睛看到的、耳朵听到的等所有感知到的，全部都真实反映在我们的镜子里。但是，作为一个修行人，如果我们想要把心安住在宁静里的时候，就要训练自己控制自己的心。这样慢慢地，在我们的镜子里什么也不会留下了，花依然会开，雪依然会下，但是都没有痕迹了。我们眼睛看到了这个，但是在我们心里的镜子上，却什么也没有；我们耳朵听到了那个，但我们心里的镜子上，也什么都没有。所以，虽然外物外境映照在我们心的镜子上，但却什么都没有留下，正所谓心能应物，过去不留。我们要学会安住在安宁里，让心里的镜子渐渐变得空荡荡，我们身外依然繁华热闹，内心清清楚楚，可是却什么东西都没有留在上面，就这样安住，不起心动念，不来也不去。

可能这需要很久很久的时间，才可以通过修行训练慢慢达到，也可能只需要一瞬间，只要你愿意。

那时，你会发现，连这个镜子也是不存在的。

我去过的金刚亥母净土

色登寺附近的村民和僧人都知道,色登寺的金刚亥母洞是真实的金刚亥母净土。伏藏大师仁增江村宁布在《日沃白玛神山金刚亥母洞志》里授记说:金刚亥母洞是通往香巴拉净土之门,未来劫末这个世界即将毁灭之时,众生会遭遇无边苦难,那时香巴拉净土的佛菩萨将通过此门过来拯救众生,大家通过此门就可以到达香巴拉净土。

在我很小的时候,色登的老喇嘛经常跟我讲,二十世纪六十年代他还年轻时,曾经在金刚亥母洞里待过,那时可以清晰地听到洞里传来六字真言和僧人吹打法器念经的种种奇妙声音。很多次他都说他知道,金刚亥母洞里真的有一个净土。每次说这些的时候,他的脸上就满是神往和虔诚。

于是,十一岁那年,我和一个朋友决定亲自去金刚亥母洞看看。

去之前,我们准备好了糌粑和水。我问朋友怕不怕,他说,如果真回不来了,那就更好了,至少我们死在了净土!

我很随喜他的信心。

金刚亥母洞在色登寺附近陡峭险峻的山崖上,需要很小心才能慢慢爬上去。金刚亥母洞虽然很殊胜神奇,却不是人人都可以进得去的,它的洞口非常狭小,据说是邬金第二佛莲花生大士用金刚杵挖出来的。老喇嘛说过,那个洞口只有业障清净、戒律清净的人才能通过,而一般人只能被挡在洞外。洞口有一座半截石桥,根据伏藏大师们的授记,这座石桥就像一个时钟,记录着我们这个世界的时间,等到石桥全部消失不见的时候,这个世界就会毁灭。

等我们走了三个多小时到了金刚亥母洞,突然看到洞口的石头上盘卧着两条蛇,一条金色,一条黄色,但是我们并没有觉得害怕。朋友说把它们捉回去!我说那可不行,说不定是金刚亥母洞的护法呢!我把糌粑拿出来供养,两条蛇居然吃了糌粑后让开了路。

我们坐在石头上休息,喝水吃糌粑。《日沃白玛神山金刚亥母洞志》说:如果在这里能找到二十五块像甘露丸一般大的黑色小石子吃下去,今世就可以报答父母的恩情,而且一定能救度众生。这都是我们想要的,于是我们就开始找石子。

朋友跑到很远的地方才找到了几颗,而我发现我的脚边就有这样的黑石子。朋友说他一颗也咽不下去,我找到了二十五颗,一口气就吞了下去,觉得好开心!

金刚亥母洞的进口处非常窄,很多地方需要艰难地爬过去,而有些地方连爬都很困难。我们念着莲师祈祷文继续走,觉得很热又很渴,但我们带的水已经喝光了。朋友怕了,他小声说:"活佛,要不我们回去吧！"

"我才不会回去呢！"我说："你早上发心那么大，现在怎么害怕了？"

他叹气说："那我要好好发愿！"

慢慢走着，我们到了金刚亥母洞最狭小最曲折又最难通过的地方。朋友说："活佛！你得走在我后面，如果我卡在里面你还可以帮我念经推我。如果你在前面进去了，那我肯定就进不去了。"他一边念着金刚萨埵心咒一边努力顺着山洞往前爬，卡住了，我就在后面使劲儿推他。有几次他说他完全被卡在石头里一点也动不了，我们只能听到自己的喘气声，但是我们都在不停努力。

不知过了多久，在已经完全筋疲力尽的时候，我们终于进入了金刚亥母洞里面，我立刻就被震撼了，觉得这里真的就是金刚亥母的净土！

我眼前的洞壁上全是大大小小的石头自生出来的佛像，有中阴文武百尊在内的众多本尊、千手千眼观世音菩萨、二十一度母，面目神态都十分清晰，还有八座自生的舍利塔。洞里滴着水，伏藏大师说这是长寿佛的甘露。虽然我的眼睛看到的是自生石头像，但我一直能感觉到这些佛像正在对我放出光芒。我觉得这个洞仿佛宫殿一般，那些石头上自生的佛像正在加持我，我感受到言语无法描述的美妙。我不想离开了，决定今天不回去，就住在这里。可是我的朋友却觉得害怕，他说他很冷，如果让他再多待一会儿就会呼吸不了！

我俩念了莲师仪轨。我发了一个愿：从色登寺第一世活佛到第十三世活佛，时间至少过去了五百多年，往世活佛在这五百多年里曾经念过的所有心咒，我这一生要全部再念一遍！

我的朋友家里很贫寒,他发愿说,希望他的父母每天都能吃到酥油。

回到色登寺,老喇嘛知道我们去了金刚亥母洞非常高兴,他告诉我说,色登寺第九世活佛根噶诺布尊者是嘉庆皇帝的国师,他的一位弟子名叫白玛次仁,在金刚亥母洞修过大乐莲师修法,以大乐莲师为本尊,以金刚亥母为空行。当时白玛次仁刚圆满了三年三月三日的闭关,他来到金刚亥母洞,打算继续闭关修法。那天他进入洞口后,却没有看到往常的洞,而是看到了七座大山,然后又看到了七个湖泊,之后就来到了金刚亥母的净土。当年白玛次仁喇嘛所修的大乐莲师修法极其稀有珍贵,莲师离开藏地时就曾授记过大乐莲师,使其修法在末法时代五浊深重之时最具有加持力:只要用大乐莲师像加持亡者就可获莲师亲迎。大乐莲师既是八大药师佛的总集也是五方财神的总集,种种功德难以尽述。正是以此殊胜修法,白玛次仁喇嘛才得以进入金刚亥母净土,获得成就。

这就是我十一岁时去金刚亥母洞的亲身经历,现在回想起来还是觉得有许多殊胜奇妙的感受。后来我知道,也有虔诚发心的师兄和汉地的居士进去过,见到了那些自生佛像,而每个人都有着不一样的感受。让大家觉得不可思议的是,不管年纪是大是小,人是胖是瘦,他们都觉得自己是在被四壁岩石卡得非常紧的情况下努力挤进去的。每个人的身材胖瘦并不一样,石头也根本不可能随人的身体大小而伸缩,却并不是只有特别瘦小的人才可以进洞,这应该感恩佛力加持吧。

白玛次仁喇嘛在净土里修了七天法,并带回了一些净土圣物。他当年闭关修法所用的法本经过了许多坎坷,目前存于色登寺,由我一直珍藏。这么殊胜的法,如果没有人知道,没有人发愿去修,那真是太可惜了!

我希望大家能早些知道佛法，知道生命无常的道理，我也希望每个佛的弟子都实实在在生信、发愿、去修大乐莲师，得到世间和出世间法的福报和智慧。

心

我在辽西寺佛学院跟我的上师学习之时，有好几位师兄跟我一起修大圆满。

上师是分批给我们传授大圆满法。有个师兄跟我不是同一批接受传法，我在前面，他在后面。上师传了大圆满后，每隔一周或者半个月，就会有一次考试，由上师亲自考我们。

那天上师问他："有没有心？"上师让他寻找这个，然后他就回去了，去寻找这个心。

心在哪里？我们所有人都认为心就在胸口。等到师兄去上师那里汇报时，上师又问："有没有心？"

他说："有。"

"在哪里呢？"

"就在这里。"他指了指胸口。

上师说:"这是一块肉,哪里是心呢?"

师兄说:"就是这个,这就是心。"

其实我们很多人认为的"心",只是我们胸腔中的一块肉(心脏)而已,在我们离开的那一天,可以说它就是一块石头,也可以说是一块泥巴。过去、现在、未来的事情,它都想不了。我们现在想的这些"念头",是因为我们有执着、有分别才想出来的——而这个能执着、分别的东西并不是"心"。

心的本体叫作佛性,佛性是非常纯净的。我们现在想的不叫"心",这叫"执着"。

证悟空性以后并不是什么都看不见、听不到,一切都能看见,也听得到,但是没有执着和分别。如果我们证悟之后就会知道,这时候我们处于一种非常清醒和理智的状态,可以说非常冷静、清晰地知道:一切都是空性的。但是面对众生的时候,我们会自然生起慈悲心。

佛性是什么呢?佛性是慈悲和空性的结合,因此慈悲是佛性自带的属性,所以这个时候我们的慈悲是自然而然产生的慈悲。

因为具备空性智慧的缘故,所以一切众生对我们来讲,没有什么可以执着和分别的;但我们清醒地知道,当一切众生还不明白佛性、没发现佛性、不知道佛性的时候,他们的心相续中还充满了执着和分别,所以非常痛苦,因此,我们会自然性地生起非常强烈的慈悲心。

比如我今天安住在空性、本性上面,明白了这个本性以后,我没有了执着——痛不痛苦、难不难受,对我来讲没有一点分别。我没有这些执着,但是我知道其他人还没明白,他们有好和坏的感受,所以我就会生起一个强烈的慈悲心。

重新回到前面我讲的问题，上师问：有没有心？

答案是找不到心。寻找这个心，是找不出来的。

心的本体是什么样的呢？就像虚空般一样。

我们认为天空是蓝色的，用手去指，说天空是那个，旁边的人也把头抬起来往上看，认为那就是天空。我们只能心里这样想，除了这个以外，天空到底在哪里？到底能不能摸到碰到？永远碰不到也摸不到的，因为没有一个具体的东西。

所以，我们的心到底在哪里？

我们去寻找的话，也是永远找不到的。心的本性是空性的，就像刚才前面说的"虚空般一样"。

但是，空性是不是说什么都没有？举个例子，天空中什么都没有吗？也不是这样，它非常清净，也是光明，也是如来藏。

心的本性是佛性，就是空性。空性就是什么也没有吗？不是的，不能说什么也没有；但是它又无法用语言来描述，只能说，心的本性就像水晶一样，非常纯洁，非常纯净。

我想成为这样的人

七岁那年,我第一次见到我的上师仁波切。直到现在我都清楚记得,那天他是怎样走到我的面前,又怎样把一条哈达挂在我的脖子上——他弯下腰,双手握着哈达,用额头碰我的额头,我立刻就感觉到无比的幸福和温暖。他笑着说,这个小孩很聪明啊!之后,我的上师就像佛陀一样,再也没有离开过我的内心。

许多年过去了,我看到,我的上师几乎没有让他身边的任何一个人失望过,总是满足各种人对他的各种要求和愿望,也包括我。

我还在辽西寺佛学院学习的时候,有一次在山上见到一只老鹰在捕捉野兔,当时我无法救下野兔。等老鹰飞走后,我赶紧跑过去,此时可怜的野兔已经被鹰爪抓得血肉模糊。我把小野兔从山上抱回住处,没多久它就死了。当时,辽西寺正在开一个周期很长、有上千喇嘛参加的大法会,当然,主持法会的是我的上师仁波切。那时我非常想请求上师为这只野兔做一个颇瓦来超度它，但是，想要正在开大法会的上师来帮助我实现这个愿望，实在不太可能。

那天我对着野兔的尸体纠结了很久。

第二天法会结束时，我鼓足勇气抱着野兔请求上师，上师立刻答应了，并且在佛学院的广场上召集所有的喇嘛一起为这只野兔做了颇瓦。

直到今天，我还记得那天的情形。那个时候我就想，我一定要学习上师，要做个像他一样的人，有智慧和能力救度众生。更重要的是，我要和上师一样对所有众生都慈悲，不让对我有信心的人失望。

我想，在当下的时代，能够遇到具德的上师是很难得的，一个具德上师能遇到一个根器好又精进的弟子，也是难得的，得双方累世的善缘具足才行。这是上师的福报，也是弟子的福报。所以我很感恩，我的福报很大，我的上师仁波切是一个真正的具德上师，我很幸运，遇上了他。真的很开心！而且同时我有许多好弟子，这也让我很高兴！

近来我一直在寺庙讲《大圆满前行引导文》，我开始重新思惟：我觉得我的上师就是佛陀，给我修行的方法、力量和智慧，但是我想，作为这样伟大上师的弟子，我自己的修行是不是很好呢？

在辽西寺佛学院跟随上师学习的时候我很精进，而现在我一直忙于色登寺的建设和色登寺佛学院的教学管理，完全没有在上师身边时那样精进。我很惭愧，这并不是上师的原因，完全是我自己的问题，以往那些具德上师们修行都很勤勉，我现在想起这些心里就有些难受。我们遇到了好的上师，就应该珍惜向具德上师学习的机会。其实只要好好精进修行，这一世想要解脱是没问题的，我们不需要去打卦猜测就能判断出来，只要按照上师的安排好好修行就一定可以的。

我们每个人在成长过程中都会遇见很多人，有善缘有恶缘，这是我们累生累世做的这样的因，所以现在有了这样的果。我们以往积了很多的善根，所以这一世我们遇到了好的上师、好的家人、好的朋友。但我们在凡世里难免会有繁杂事情缠绕着我们的身心，那我们就应该时常提醒自己，不要忘记自己发下的愿，更要清楚我们最终要去净土，这样，我们就不会懈怠修行了。

最大的快乐是知足

在藏地，我们吃的东西主要是青稞和酥油茶。

七岁时我去了辽西寺的佛学院，在那里，我们每个出家人每年都要用四个月的时间到远近的村子去化缘，两个月化缘酥油，两个月化缘青稞。如果是出了远门，便会一连十天半月随缘借宿在藏民家里。那时候我小，只要化缘到五百斤青稞，我就会高高兴兴回到寺院，然后在接下来的时间里就可以安心学习经论，而不用为吃的东西担心了。

记得我八岁那年跟着几个喇嘛一起翻山越岭去化缘。那天一早就在下雨，我披着一个很大的羊毛雨披，骑着马从早上七点走到下午六点，却仍然没能化缘到吃的东西。羊毛雨披非常吸水，雨不大却一直下个不停，雨披就越来越重地压着我，而我又冷又饿，几乎麻木在马背上。天快黑的时候，我们终于在一个村子的老阿姨家落了脚。她帮我把羊毛雨披脱下来时，才看到我的脸磨破了一直在流血，而我已经冻得没有知觉。

老阿姨哭了，我却不怎么难过，反而很高兴，因为那天她给了我们一些酥油和青稞，而且还做了很热很香的酥油茶给我们喝。

我想，那样的快乐是因为我的满足感：我从沉重的羊毛雨披下解脱出来，到了没有风雨的温暖屋里，吃饱了饭还可以在干燥的草丛里睡到天亮，多么好！

什么是满足？饥饿的人只要有一口热茶就会满足，而许多人的财富足够吃饱喝足乃至几辈子也用不完，可他永远也不觉得满足，总是在焦虑各种危机，想要赚取更大财富才觉得心里踏实。还有一种人，总是拼命追求，说只要达到目标后，就安下心来做他们想做的事情。他们常会这样说：上师，等我这个工程做完我就开始修加行！或是说，等我的公司上了市，我再赚了更多的钱，我就给寺庙做布施。这样的人，他从来没想过，就算是拥有了很大的财富和成功，在他心里也不觉得多，因为他不满足，永远会有更大的目标在等着他去实现。他不会想到人的生命无常，随时都会没有修行的机会，而他所在意的一切都得留在世间根本无法带走。

这样的人不会有快乐感和幸福感。

既然我们相信佛法，就应该珍惜难得的人身。如果把这个生命都用在积累财富的数字、博取名声这些事情上，把福报都消磨在不必要的享受里，那真是太可惜了。

拥有感恩心和满足感，我们才会拥有快乐和幸福。

这是我的理想

我第一次思考"理想"这个词，是在我十几岁的时候。

那时我还在辽西寺学习。有一次，我从辽西寺回了趟色登寺，再返回辽西寺时，路过了一个乡镇。

和我结伴的是一个和我年龄一般大的小喇嘛。那天正值盛夏，天气特别热，一路上都在堵车。我们非常口渴，因为平时难得喝到可乐，于是在等车时，我们就买了一瓶大瓶装的可乐。

我们一人一口地喝，喝到一半的时候，他说："活佛，天气很热，可乐也很热，不好喝！"

确实是这样的，可乐的味道很怪。

这时，我们看到不远处有条小河，他就跑去把可乐放在水里，用石头压住，然后去了厕所。很长时间没见他回来，我就去看可乐，发现可乐已经被水冲走了！这时他刚好从厕所出来，我们就一起跑着去追可乐。

撑着追了好久，可乐还是漂远了。我们心疼极了，沮丧地回来后又发现，我们放在马路边上的那包食物被人拿走了！于是我们什么也没有了。

这时汽车来了。还有很远的路途呢，我们口袋里的钱，只够买两块钱的包子和一块钱的凉拌菜。我们刚买好吃的东西，车就开动出发了。

在车上，一下午的时间我们就吃完了所有买来的东西。凌晨，睡得迷迷糊糊的我们突然被推醒，司机说："车到了，快下车！"于是我们就赶紧下了车。

下车的地方是一片草地。因为实在太困太累了，我们就躺在草地上，而且立刻就睡着了。

不知道睡了多长时间，我听到有人在头顶处走动，并且声音越来越杂乱，还有人在说话。我睁开眼睛，发现我们躺的地方是在道路的旁边，许多人就在我们头顶边上走来走去。

我们赶紧坐了起来。这时一个慈祥的阿姨跑来问我："小喇嘛，你们是从哪里来的？"我说从芒康来。估计当时我们的样子看起来非常饥饿，阿姨看我们的眼神里充满了同情。她让我们去她家里吃饭，我们几乎没有犹豫，立刻就答应了。

我们来到了阿姨的家。她家有一台黑白电视机，当时正播放一部抗日的电视剧。我小的时候就看过电视，但跟我一起的小喇嘛却从来没有见过电视机。他立刻就全身心投入到看电视里了，瞪着眼睛，微微张着嘴。阿姨给他倒了茶，他完全没有发觉，也顾不上喝了。

阿姨看到我们这样，似乎更同情我们了。她问我们要去哪里，我说要去我们上师的寺庙辽西寺。阿姨担心地说："要去那么远的地方呀！

可千万要小心啊，你们什么也不懂，还要去找上师？行李都丢了，还要走那么远的路！天哪！" 她说她从来没有想过，在这个时代，什么都没有的两个小孩，要去找上师学法！

去辽西寺方向的汽车不是天天都有的，阿姨让我们调整一下，最好先在她那里住几天，等车来了她送我们走。我们确实也没有别的办法，就同意了。阿姨让她的儿子去帮我们打听什么时候会有汽车来。

然后，我们就开始过上好的生活啦！

阿姨很高兴我们能留下来，立刻为我们做吃的。我们吃着糌粑，喝着酥油茶，阿姨就像妈妈一样坐在旁边看着我们，我们多吃了一点，她就特别高兴。

在我们藏地，如果在茶里多加些酥油就会更香，阿姨就尽力让我们多吃一些酥油。当她看到我们并不爱吃酥油后，就去为我们煮汤。她说："小孩子们都不喜欢吃酥油，年轻人不吃好东西就不容易长高长胖，你们去那么远，这几天一定要多吃些！"

除了吃东西的时候，同伴就一直在看电视。他几乎保持同一个动作固定在电视机前，夜里几乎都没睡觉。

有一天，天气很好，不冷也不热，我和阿姨就在她家门口聊天。

她问我："你们以后想成为什么样的人呢？你们真是为了解脱才去学佛的，还是因为寺院的要求，你们必须这样，才去吃这些苦的？"

我说："我是因为爱好学法，我天生就爱修行。有的孩子喜欢玩耍，有的喜欢吃，有的喜欢看电视，而我就是想寻找一个具德上师，跟着他学习佛法、打坐和闻思！"

阿姨看着我说："我觉得你的想法非常对！我也是这样想的。我和我的丈夫都是这样想的。你是一个有理想的喇嘛！"

她告诉我，在她年轻的时候，她的丈夫很穷，靠刻玛尼石过日子，而她的娘家很富裕，不同意他们结婚。她觉得她喜欢他，愿意为他吃苦，所以他们就逃离了家乡来到这里生活。她这一辈子过得很开心，虽然有时候很累也很苦，但她觉得很幸福。

阿姨说："这是因为我在干我自己喜欢的事，所以什么都能放下，只要我们俩能在一起就成功了！你们是出家人，我看你一直这么阳光，这么欢喜，我想，你寻找自己的理想肯定也是没错的。那你就去好好寻找！"

我们聊着聊着，一天很快就过去了。第二天上午，阿姨的儿子带回来消息说下午就有去辽西寺方向的车了，我们听到后非常高兴。阿姨有些不舍，她的样子我现在还记得很清楚。

在那之前，没有人和我聊过人生和理想，而这次的交流对我来说有非常大的影响。有一个人，能够用世间的事情来告诉我：坚持自己的理想，为喜欢的人或事去努力，这是值得的。而这个人一点也没有认为我才十多岁这么小还不懂事，反而很真诚地把她的故事告诉了我并鼓励我。直到现在，一想起来那天的情景我就觉得非常温暖。

我们在人生的路上，总会遇上这样那样的人和我们同行，他们影响着我们，温暖着我们。我很多时候会想，愿我们自己也能用善知善念去影响身边的人，照亮别人的生命，温暖他们的人生，这样多好！

卷二　色登寺那些事儿

除了心以外，没有这个世界

前些天，寺里下了一场大雪。我拍了几张照片发给汉地的朋友，朋友感叹雪景的美丽，然后又告诉我说他们那里春花已经枯萎凋谢，现在是樱桃和草莓的天下，马上又该到吃枇杷的时候了。

一场繁华落去，另一场繁华复来。

对于这场雪，寺里和周边的人没有特别欣喜，也没有特别烦恼，海拔四千米的高原，七月飘雪都不足为奇。寺院小卖部外的长凳上，与往常一样，三三两两坐着大人和小孩，他们和来来往往的人打着招呼，说说笑笑，也不断有过路人停下脚步参与其中。这场雪下得多大，会下多久，似乎跟他们毫不相干。或许，在他们眼里，下一场雪，就和每天抱柴生火、烧水煮茶一样，是一件再平常不过的事情。雪再大，扫帚门前一拂，就有一条路可以像往常一样进进出出。转眼间，太阳光芒万丈，积雪渐渐消融，什么都在发生着，又像什么都没有发生。

"昨晚下雪的声音好大，唰唰的，你听到没有？"

"没有啊，他们告诉我下雪了我才知道。"

下雪了！有的人是用耳朵听见，有的人是通过眼睛看见，有的人是在他人的言语中想象见。其实，不管是听见还是看见，或者是想象，这"雪"，实际上只是我们心的幻化。在我们各自的心念中，雪有着万千形象：热恋中人，雪是漫天飞舞的花，洁白而无瑕；诗人眼里，雪是落入掌心的一颗泪，是生命的告白；对夜归人来说，雪是裹住脚步的泥泞，是推不开的门；而雪如果飘在一个病困者的窗外，便是堵在胸口的三尺之寒，是一戳就破的泡沫……

轻的重的，缓的急的，热烈的落寞的，清净的污浊的，我们就在我们妄想的雪境中，或欢喜或悲伤，或期待或绝望，反复浮沉。

雪过了无痕，而我们的心，却已经被它牵着跑了很远。等回过神来想想，雪真实存在过吗？没有，与梦无二，就像"我"从来都不存在一样。我们看到的、听到的、感受到的一切，都是我们心的执着而已，除了心以外，没有这个世界。

如果，你听到花开的声音，那是因为你的心里，有花在开。

你真的有信心吗?

许多人告诉我,他对学佛很有信心,对我也很有信心,我很随喜大家。因为这不是今生今世才种下的福德因缘,而是累生累世所积善缘形成的。

但是,我还是想问一句:你真的有信心吗?

前些天我去了牧场,一个老牧民去世了。那里离色登寺很远,得先坐车然后骑马才能到他的家,来回要八个多小时。当时我们寺院去了十个出家人,为这个老牧民念了两个多小时的经文。以前我去亡人家念经总是早上去,夜晚住在那里,第二天再回到寺院,而这一次时间不允许。尽管我很想多为他念经,在他家里多待一会儿,安慰他的亲人,但是这些天我每天早上要给色登寺佛学院的喇嘛们讲《前行引导文》的课程,不能耽误,因此,我们只好连夜骑马坐车返回寺院。我们离开的时候,那个亡人的家属希望我能停留一晚,因为他们担心念两个多小时的经并无法超度他们的亲人。

其实,如果我们对上师有足够的信心,不管是念经十分钟还是一天,甚至上师没有在现场,亡人都能得到超度。但是,我们世间的人执着的是形式,其实这还是对上师没有足够信心的表现。

我们寺院附近有一位老人,以前对佛没有信心,也没怎么修过法。后来她到寺院听了我讲《前行引导文》和《佛子行》的一些课程。我告诉她,要是能修完五加行的话就非常好了。听了我的话后,虽然不识字,但她还是努力地修了一遍五加行,之后又修了上师瑜伽,求了窍诀。在修窍诀的第一步时,她生了重病,这时我去她家里,为她做不动佛灌顶。

她对我说:"上师就是中阴文武百尊!"

那个时候她就安住在这个境界上了。我想,是加行的加持力让她产生了稳固的信心,在最后的时候把心调整好了。

我们对佛的信心应该是有智慧的信心,而不是盲目的信心。对于上师,我们应该有观察,而不应该是盲目地觉得这个出家人穿得好,名气大,或者别人说他有什么神通就产生了信心。宗喀巴大师在《菩提道次第广论》里、华智仁波切在《前行引导文》里、阿格旺波尊者在《前行备忘录》里都专门讲了如何依止善知识,那才是真正的信心。如果仅仅凭着我们去了几次寺院,见了几面这个出家人,或是听到看到一些瑞相就突然有了点信心,那这个信心就是世俗的信心,因为这个信心也是无常的。

我们需要的信心是稳固的、智慧的信心。

就像是小孩子看到父母就感到温暖有安全感一样,我们看到真正有缘的上师,往往愿意和他亲近,这是信心的基础,下一步才会想要了解上师的功德。然后我们就想更亲近一些，慢慢地，信心越来越大。再然后，经过我们闻思修行，信心会越来越稳固。而现在许多人生起信心很容易，消退得也很快，像天气一样不稳定，这样对我们的修行没有任何帮助。

所以，我们应该时常观察，问一问自己：我真的有信心吗？如果是，那为什么还不立刻开始精进修行呢？

时时记得善护念

记得色登寺修坛城时，施工的负责人对我们老管家说，除了大量的小木料以外，还需要几根七米长的粗木料，而且不能拼接，他还规定了原木的直径。为了建好我们的坛城，老管家和喇嘛们费尽心思四处奔波去寻找，终于找到粗细长短符合施工要求的木料。他们在购买、砍伐、运输时费尽了周折，喇嘛们好几次都由于树木过大而差点造成危险。原木运输回寺院的时候，更是麻烦重重，长长的木料伸出卡车的车厢，经常堵住道路，大家还担心木料会从车上滚滑下来砸伤别人，真是操碎了心。

许多天以后，老管家带着喇嘛们满头大汗地把木料运到工地上，施工负责人量了量木料轻描淡写地说，这么长的木料不好安装，得从中间截断成两段。

当时在场的每一个喇嘛听到这话都很震惊——"怎么会是这样！"

老管家走到那个人面前说："你的要求差点让我们的喇嘛受伤送

命！我……祝愿你永远都不快乐！"

他说完立刻转身走了。大家看到他双手合十，边走边不停地念："嗡班杂儿萨埵吽！"

老管家带着喇嘛们冒了很大的危险，才砍伐到符合要求的木头并且给拉回来，而现在施工负责人又说不必这样，因此老管家愤怒了。但是，他立刻发现自己因为愤怒而起了恶念，就马上停止这种愤怒并且赶紧忏悔。这是他多年的修为，这种修为让他可以随时守护自己的正念。像他这样一个修行多年的人，面对让人愤怒的事情还是没能够不起恶念，这让他感到羞愧。也幸亏他是一个老修行人，恶念生起来的瞬间就立即发现了，及时停止，及时忏悔，没有造成更大的恶业。

我们要关注自己的每一个念头，及时转念，这需要功夫。这样的功夫得慢慢地观察，慢慢地修。

我们要懂得善护念，也就是保护我们的正念。我们的修行就是要把生活和工作中的纠结、烦恼、抱怨、嗔恨都化解掉。这样的化解是智慧的化解，是生起了宽容心之后的转念，而不是压抑自己的愤怒，硬要生起的假慈悲、假宽容。明明自己气得要命，心里都要冒火了，但面上还要装作微笑，这不是修行，这是在折磨自己。

我们经常会在工作和生活中遇到这样那样的不顺心，那我们就要时时记得善护念。要观察每个念头是好的还是坏的，然后要断恶修善。念头的生起只是一瞬间的事情，我们从起心动念时就要观察自己，及时熄止坏念头。

我们每次生起一个好的念头时，就自己随喜自己，赞叹自己，心里欢喜地告诉自己：我要保护好心里的善，多多生起善的念，多多发善的愿。

世上的人如果都这样做，世界会变得多么美好！

你要告诉自己：要先从我做起。自己善心的力量非常强大，如果我们总是怀有仇恨和抱怨，那就是在心里种下个黑暗邪恶的种子，长出来的自然也是黑暗邪恶的花果。

你要告诉自己：要先从我自己做起，把自己的善念当成一颗火种传递出去。

当然，这个念头和这句话本身也是一个善念，佛菩萨和大家都会随喜你。

其实佛教传递的就是这样的一种善念。

你要忍得住

色登寺附近的村庄里有两家人因为很小的事情起了矛盾：先是两家的小孩子打了架，然后双方父母打了起来，再然后，父母的兄弟姐妹们也来打，再后来各自的亲戚也参与进来，大家打作一团。最后，连他们住在附近其他村庄的远亲也都来帮忙。

这场争斗打伤了很多人，损坏了不少东西。后来，他们请我出面去解决。我问他们为什么打起来，大家开始回忆，到最后才发现，仅仅只是因为两个小孩子在玩耍时，为了抢一个玩具而打了架。

我们会看到很多事情造成了严重的后果，大多都是因为在事情发生的一瞬间，人们没有忍住一时愤怒，不能忍受自己认为的侮辱，不能接受自己吃亏了。

不能忍辱是因为什么呢？是因为我们傲慢的心忍受不了一点点轻视，不能接受一点点误会，更不用说对方敢来挑战我们的尊严了。许多人自己可以占便宜、打骂别人，但是让自己忍受一点点吃亏是绝对做不到的。我们的心强硬到不能调伏，所以这些人修忍辱就特别困难。

其实，我们在人世间的最可怕的敌人就是嗔恨心。

能把嗔恨心消灭掉，那真的是非常了不起。因为我们每时每刻都可能生起嗔恨心，比如说我们在这里坐着的时候，一个人看我们的眼神稍微有点不友好，说话的时候口气稍微有点不礼貌，我们马上就生起嗔恨心了。

一个蚊子飞过来咬了你，你马上生起嗔恨心顺手就打，又伤害了生命。我遇见过一个人，他说："我守了不杀生的戒律，它咬我了，我不敢杀它，但我对它生起了一个很大的嗔恨心。"

这是很现实的例子，我们稍微不舒服就不想忍，但是我们伤害了它们的生命，那它们能接受这样吗？如果它们也生起一个很大的嗔恨心，也想要报复你，这样的怨仇什么时候了结？我们的嗔恨心和傲慢心都需要修忍辱来对治，可是对于许多修行人，让他精进、布施都还可以做到，但是让他忍一口气却是非常难的。

经常有人对我说："上师，我也知道发脾气不好，会伤身体！我也听说过火烧功德林的话，可是我火一冒上来就什么都顾不上了，大吵大闹之后越想越后悔，但是在气头上根本就管不住自己！"

这样说的人很多，自己确实已经观察到了自己的问题，也明白必须要修忍辱。但是，我们还需要智慧的忍辱，得把我们的心修得像虚空一样宽广，把"忍"的对境当作自己的亲人父母，如果我们把这个问题当成我们当下最大的修行障碍来对待，那一定能很快消灭我慢和嗔恨，修忍辱就不再是强行忍耐的苦差事了。

谁会永远陪伴你？

色登寺的对面有一座山。在我小的时候，我觉得那座山很大很大，并认为它是永远存在的。那时我经常会想：为什么我的爷爷会死呢？为什么我父母会死呢？他们要是像这座山就好了，永远在那里，永远不会死。后来，一些亲戚朋友陆续在我眼前离开，我就知道，早晚我们大家都是会死的。

学习佛法以后，我明白了山也不是永远存在的。地震、水灾、泥石流瞬间就可以让大山倒塌，河流决堤，无数生命消逝，一切都是无常的。我们认为会永远存在的一切，都有可能转眼就失去了。

当我们总是习惯地说"我的这个""我的那个"的时候，我们是不是得想想：我们这一生所有的亲人，一切我们所追求的，我们天天都在努力为之奋斗的，到底是什么呢？我们放不下、舍不得的又到底是什么呢？

这些到最后都是要离开的。或者说，曾经拥有的，未曾有过的，到最后都是一场空，这一生一世永远不变的、永远都拥有的东西，有吗？

没有。

到最后离开的那一天，我们拥有过的一切都要留在这个人世间，就连身体也是留在这里，连一根毛发都带不走。我们的身体就像一个旅馆，自己的阿赖耶识就像顾客，"顾客"在"旅馆"住了一两天，最后离开时，"旅馆"那座房子只能留在那里，因为根本无法带走。我们觉得自己最珍贵、最宝贝、最重要和最舍不得的，就是我们自己的身体，但是，我们连这个都带不走。

所以，我们应该舍弃所有的贪念。

是舍弃我们现在的这个身体吗？

不是。

我们要舍弃的是觉得"一切都会永恒"的认知。而要舍弃这个，最好的办法就是"修无常"。

虽然我们大家都知道一切都是无常的，但是，可能因为我们无常没有修到位，所以并没有真正体会，还是会认为自己可以活很久，认为家里的金钱也好、物品也好、亲人也好，永远都是我可以拥有的。其实，一切的一切本体都是无常的。

我们死亡以后，我们的尸身不管是被檀香木柴烧毁，还是被狗吃掉，其实都是一样的，因为，不管是财富名气、房子还是你的所有亲人，都是无法带走的，都被你留在了这个世间。而真正能够永远陪着我们的，只有我们自己的善与恶。

所以，我们要做的就是放下。

幸福是闪电

我们的幸福有多长时间？其实幸福就像闪电，往往是刚刚看到和感受到，就已经消逝了。世间的人对于幸福的期许总是建立在财富、感情上，而这些恰恰是最依靠不住的，也是最变化无常的，所以我们在享受过短暂的幸福之后，往往感受到的是漫长的、难以解决的痛苦。

以前我老家有个人，他从十几岁开始就一直在拉萨那边打工赚钱。他很勤劳，赚了不少钱，但自己穿的衣服和吃的东西都非常凑合，舍不得吃穿到了吝啬的程度。藏地许多修行的人，自己舍不得用，舍不得吃，大多人会把节省下来的钱用来做上供、下施这样有爱心的事情。但他不是。他赚了很多钱，觉得放在银行里不放心，希望能天天看到就好。

所以，他每天一早就出去赚钱。下午回到家里，他不会像许多藏民那样去念经磕头，而是反反复复拿这些钱来数，然后算账。

他享受这个数钱和算账的过程。这就是他的一种欲望，在钱的方面他有了贪执。

后来，他得了一个严重的病，去世的时候非常痛苦，因为除了身体的痛苦之外，他还不舍得离开他的钱。他就一直在幻觉中数钱，嘴里念"一二三四……"，一直做着数钱的动作；他痛得全身冒汗，一般人在这种情况下是根本说不出话来的，而他，手一直在空中捻着，嘴里一直在念着数。

他走了。连他自己家里的人都想不通：他一生当中赚了那么多的钱，可以随意支配，可为什么没有见他幸福过？他怎么会这么舍不得呢？

所以，我想说的是，他为了赚钱辛苦了一辈子，却并没有享受多少。这一生当中，他有一天从内心里面感受到了快乐吗？没有的。他的幸福是赚到钱后数钱的一瞬间，而更多的时间，他是在对金钱的欲望和患得患失中痛苦。

世间的每个人都感受过幸福，也都感受过痛苦。有时一朵花可以给我们带来幸福，有时一顿饭、别人的一个拥抱可以给我们带来幸福，有时巨大的财富可以给我们带来幸福……我们的人生有无数幸福的片段可以回忆，但是，让我们刻骨铭心的痛苦却更多。因为，无常可以迅速地将幸福终结，而痛苦像一个沼泽，一旦陷入就会使人长久沉溺，很难再走出来。

每个人都会生老病死。年轻的时候比较健康好看，到年老的时候身体会出现病痛，容貌也会有很大变化；我们都想要漂亮和健康，可是在漫长的人生里，这样的年轻美好只有很短的一段时光，稍纵即逝，留下的只有回忆。如果，我们执着地想要永远年轻漂亮，那就只会痛苦和失望。

我们今天戴了很多珠宝在身上，自己认为这很漂亮，很有身份，但是，说不定我们会因为这个炫耀而危及自己的生命。

藏地人常说："有一匹马就有一匹马的烦恼，有一只羊就有一只羊的烦恼。"

我们都是这样的。

我们必须以牙还牙吗？

有这样一个公案：法王如意宝的前世列绕朗巴是一位伏藏大师，有个人供养给他了一匹很好的马。有一次，马被偷走了。过了几个月，偷这匹马的那个人到列绕朗巴大师面前来求金刚结。当时列绕朗巴大师以神通观察，已经知道这个人就是偷他马的人。列绕郎巴大师并没有揭穿他，而是为那个人打了一个金刚结，还为这个金刚结念了很多佛菩萨的心咒加持，并且把一切善根、功德都回向给那个人，直到那个人满意为止。

还有个故事：色登寺第十三世活佛德尔色·切美仁波切和他的一个侍者一起走路去拉萨，有一天到了中午煮茶吃糌粑的时候，有七个强盗来抢东西，活佛就让侍者把东西给他们。那些人离开时，德尔色·切美仁波切发现侍者的脖子上有我们藏地人经常戴的绿松石，就问侍者："你这个没有让人家抢走啊？"

侍者说："没抢走。"

德尔色·切美仁波切说:"那你给我。"

那个侍者就把绿松石给了仁波切。仁波切接在手里后,就叫那些抢东西的人,说:"你们还没有拿完,还有一个东西剩在这里,你们把这个也拿走。"

强盗们就跑过来,看到果然还剩下一个绿松石。这七个人里面,有一个年纪比较大一点的人,他说:"这两个出家人非常清净,我们不能拿他们的东西,还是放下走吧。"强盗们把刚才抢到的东西全都留下,放在德尔色·切美仁波切面前,然后就走了。

我们能不能做到这样呢?大家过去肯定遇到过类似的事情,你生气过没有?

比方说我们今天把手机、电脑放到一个包里背着走,然后有几个人过来把你的东西抢走了。如果这时你的钱包没有被抢走,你会不会把抢你东西的人叫回来把你的钱包给他?估计很多人会说:"还好!感恩佛菩萨的加持,钱包还在!"东西被抢了,钱包还在,这是比较好的情况。还有种情况,就是所有东西都被偷走了,如果被偷的是个学佛的人,他还有可能会说:"哎呀!佛菩萨的加持去哪里了?我的东西全部被偷走了!"

我们现在就来说说加持。

加持是什么呢?生起像德尔色·切美仁波切、法王如意宝前世列绕朗巴大师那样的心:自己的东西被别人偷走,还会很欢喜地念经回向给他们。生起这样的心,也修持了佛法,这就叫作加持。

我们很多人以为上师的加持就是不要遇到偷东西的人,不要遇到不开心的事情,不要遇到生病,我们一直求的就是这个。比如今天你们在这里听我讲课，听完出去遇到一个抢东西的人，这时可能会有人说："我去听了这个上师的课，出来就遇到偷东西的人，这个上师没有加持！"有可能有人刚好皈依了，出了门遇到这个情况就会后悔："我就不该皈依！这个上师不好！刚学佛就碰上小偷，看来学佛也不是什么好事情！"我们很多人是不能遇到这些违缘困难的，他们总认为顺缘才是被加持，才是修持佛法，实际上不是这样的。

我有一个亲戚，他对他的亲戚们有着深厚的感情。只要他的亲戚，哪怕是远房亲戚遇到障碍的时候，他心里就很难受。如果别人打了他的亲戚的话，他会很生气，甚至气到掉眼泪，然后他会向家里人发脾气，闹着要去找对方报仇。然而，这样对亲戚、对自己有什么真正的帮助吗？

我们要练自己的心量和气度：在世间人会愤怒的情境下，自己生起真正的欢喜心和慈悲心。

当然，这有个过程，我们得慢慢来。我们一开始遇到这种事情的时候，可能心里很生气，会起嗔恨心，我们先观察自己的这种情形，然后慢慢地改。我们这样想：我们从这种小事开始，遇到这样的情况时，不能马上生起嗔恨心，要好好地念一下经，回向给他。忍一下，我要看看自己能不能生起欢喜心？能不能对他生起一个慈悲心？要练习，并且问自己：从我开始练习到现在，如果现在我所有的东西全都被偷走了，我能不能像那些高僧大德一样？

如果做不到也不必过急，我们让自己尽快平静，不起嗔恨。

又比方我们买东西，发现买到的这个东西是坏的或是假的，特别是我们网购物品，收到后发现和图片上的东西根本就不一样，这个时候我们会很生气："这个人骗我了！"有许多人会去骂这个商家。其实，这正好是我们修行的对境，我们可以在这些方面好好地下功夫修习，我们应该这样：修忍辱，生起慈悲心，然后回向给他。都已经买了，买好了你再退回去，大家都会有很多麻烦。我们没有必要去骂他，也没必要去说他，不要生起嗔恨心，不要造恶业，我们可以把这个不好的东西转成一个修行上的对境。

我们如果还无法生起真正的慈悲心，那就先从这些方面入手，好好地练习。这样以后，慢慢就成为一个习惯了，这就是在生活里修行。

我们要做的绝不是以牙还牙，而是管好我们自己的心。当我们还没有能力去度化众生，那就先把自己的身、口、意都管好，一切都不在意不计较，这是我们可以快乐的一个秘诀！

无常

我们藏地有个人,以前在他家里比较穷的时候,他跟朋友之间的关系非常好,跟亲戚邻居之间的交往也很友善。整个村庄的人都说这个人特别好,无论是哪里、是谁需要帮忙,他都会去帮,大家都很喜欢他。

后来他开始挖虫草,正好那时虫草的价格也提了起来,那个人就赚到了一些钱。在这之后,大家觉得他在性格以及说话的态度等各方面都有了变化,变得很傲慢,不愿意搭理人,却喜欢别人夸他。他的亲戚朋友和村里人都说:现在的这个人和原来完全不一样了!

后来他的生意发生变故,他花了很多钱去解决问题,因此他又变得和以前一样没有钱了。这个人一下子就消沉了,有时会到处抱怨他的不幸,脾气也变得很暴躁。

赚钱这个事本来就是无常的。有些人的财富,要么像闪电一样瞬间消失;要么像水泡一样容易破碎;或者像彩虹一样,一会儿就消失不见了。因为那个人有了钱以后就有了傲慢心，他有辛苦赚钱的勤劳，而在拥有钱财时却没有一个好心态，更没有想过世间的一切都是无常易变的，所以，他可以欢喜接受"得到"，却无法承受"失去"。

我们年轻时的样貌肯定比老了的时候要健康漂亮，同样的一件衣服，年轻人穿起来也会比老年人穿起来更好看，因此，我们都想要一直年轻，总希望能保持年轻时的健康和体魄。

年轻人很在意自己的样貌，希望别人觉得自己好看。有人还会随时带着镜子观察自己哪里美还是不美了。而老人们大多已经不再注意自己的外表了，吃饭的时候，他们嘴边或者衣服上经常会留有食物的渣子，显得很脏，但他们似乎都不在意。我们想想，他们都是一样从讲究外表的年轻人慢慢变成这个样子的。

得到和失去，年轻和衰老，富有和贫穷……这些都是见惯的规律，而这个规律就是无常。

我们要接受这个规律，提醒自己：现在花时间、花精力去在意自己认为最重要的事情，完全没必要。因为我们懂得了无常，就要抓紧一切时间做对的事情。我们自己的身体、自己现在所拥有的东西最后都是无常的，没有什么能够真正拥有。如果我们现在还不知道或不愿意去接受这样的规律，认为一旦拥有的东西就一直是自己的，永远是自己的，那我们失去任何东西都会非常难受，比如失去感情、失去亲人……

我们看到一些人心态特别好，无论是欢喜的事情，还是忧伤的事情，他们心里没有因为得到而狂喜，没有因为失去而痛苦，我们现在要做到的就是这样。你试着把许多曾经让你痛苦的，让你受委屈的以及被冷落、被不公平对待的事情重新想一想，如果你想透了"无常"这个规律，那所有你曾认为你失去的东西都不是失去了，因为从一开始你就该知道，那只是"无常"到了你的身边，失去的时候也是"无常"离开了你，你从来不曾真正拥有过，也就不存在真正的失去。

那你还痛苦什么呢？

很多的痛苦是因为我们有很大的贪欲，觉得我想拥有这个，我一定要有这个，我付出那么多的努力为什么得不到？

陷入这样的念头里很可怜。我们得到了，就会欢喜；失去或者得不到，就会沮丧。如果我们用"无常"的观点去想：得到，没什么可欢喜的，因为这个得到就是"无常"，随时有，也随时可能失去。当你做好了随时失去东西的准备，做好了观无常的修行，那么，得到和失去，都不会在你的心里留下什么痕迹，你就拥有了平静和欢喜。

这就是古人说的"荣辱不惊"了，是大境界。

是你的心，跨越了千山万壑

六月，藏地开始进入最美的季节。青稞绿油油的，草原上开着五颜六色的花，骏马奔驰，牛羊欢快。我们寺院对面山坡上的景色，也时常在牧民的歌声里变得更加生动起来。一场雨过后，山腰飘起洁白的云雾，非常美。

每到这个时候，就会有好些朋友不无遗憾地说：我好想来色登寺看看啊！可是，我的高原反应肯定很厉害，去不了；可是，我必须在家带孩子；可是，工作太忙实在抽不开身；可是，现在修路限行，堵起车来就太麻烦了……

有些遗憾，是因为愿望未必真的有那么迫切，那些"可是"才钻了空子。而更多的遗憾，是因为我们自己，把困难像砖头一样，一块一块地垒在了脚步和梦想之间，慢慢地，我们的眼里只看得到砖头，而失去了远处的风景。

有一天，我的一个汉地来的朋友在寺里转绕坛城之后回来告诉我说，他今天算是长见识了。他说他发现对面最挨近天空的那座山头的空地上，有很大很大一片黑黑的影子，但天上并没有云的遮挡，便觉奇怪，于是就问一个懂得汉语的藏族姑娘。那位姑娘告诉他，那是村民们晾晒的牛粪，干了以后烧火用。我这位汉地朋友很是惊讶，那个地方那么高那么远，感觉人都无法去到，村民们是怎么把牛粪搬到那里去的呢？为什么不就在家门口晒啊？那么多的牛粪又是怎么拿的？姑娘回答说，那个地方离太阳最近，自然最好晒。把牛粪装在袋子里，用摩托车驮上去，多跑几次就是了，很简单呢。

这位汉地朋友对那个壮观的牛粪晒场充满了好奇。其实，很多时候会这样，一些人觉得很难做到很麻烦的事情，在另外一些人看来，就和抬眼望一眼天上的云一样，又简单又适意；认为完全不可能实现的事情，往往就发生了奇迹。

我想，造成这种区别的，就是我们的心——是"想"，还是去"做"；被风雨拦住后，是坐等天晴，还是找件雨衣披上继续前行。

当初，我的上师让我一定要把坛城修建起来的时候，寺里除了几处破旧的房子和年久失修的经堂外，几乎一无所有。要把坛城建起来，在当时看来，比登天还难。但是上师告诉我，只要发了这个愿，只要我们去做，一定会得到佛菩萨的加持，坛城建设一定会非常圆满。当时我想，十年不行，我就用二十年，二十年不够，就三十年。无论如何，这一生我一定要完成上师的嘱托。

后来，坛城只用了四年时间就圆满落成开光了。现在回想起来，很多事情，如果开始做了，其实并没有我们想象的那么难，难的是，如何坚定我们的内心。

心的力量真的非常强大。如果有一天，你终于真的站在了神往已久的冈仁波齐神山面前，你会发现，是你的心，跨越了千山万壑。

卷三　我所知道的修行人

日嘎

十五岁时，我在上师松吉泽仁仁波切座下学修大圆满法。在那之前，我已经圆满了五加行的修法，所以上师让我在一个月内每天打坐观察，然后把感受汇报给他。

我把打坐的地方选在离辽西寺一公里的地方，那里是个石头洞，平时没有人，因为路很难走，一般人上不去。下雨时，山洞里淋不到雨，出太阳的时候还可以晒到阳光。坐在山洞里，像是在空中悬着一样。

在我打坐的那段时间里，每过几天我就有一些感觉和体会。我觉得自己很快乐，不想离开那里。每当有了新体悟，我认为这就是大圆满，好几次我去找上师汇报感受，可每一次上师都说："你再去打坐，这并不是大圆满。"

眼看一个月就快过去了，我心里很着急，就请教辽西寺的老喇嘛日嘎，因为他是阿格旺波的弟子，也是上师松吉泽仁仁波切的弟子。他修过大圆满法，所以很有经验，我想知道他在修大圆满的过程中有过怎样的经历。

日嘎那时六十来岁。他一边喝着茶，一边耐心听我讲修行中的感受。辽西寺的茶是用藏茶先熬成膏，再用滚烫的水冲着喝。那天我讲修行的过程，哭了好几次，因为我觉得大圆满法太难了，什么时候才修得成呀！

日嘎端着滚烫的茶，一边吹一边吸着喝。他慢慢地说："别急，小活佛，我喝一碗茶都不能急，也得一口一口地喝，何况你是在修这么殊胜的大圆满法呢？你一定能修成，但是你一定先别急，越着急你就越不知道该怎么办，就越得不到了，只有放轻松，慢慢就会明白了！"

他喝茶的样子我到现在还记得，他说"别急"的声音，此刻仿佛还在我的耳边徘徊。很多次在生活和修行中，或在色登寺的建设中遇到了困难而为此焦虑的时候，我总会想起日嘎说的："别急，我喝一碗茶都不能急，也得一口一口地喝！"

我想，其实大圆满法就存在于我们的生活和修行当中，而不是坐在那里打坐得到了这个法，然后离开打坐的垫子回到世间生活里，就忘了曾经修行悟到的东西。

于是我就提醒自己要放轻松，要安住在宁静里，慢慢地来。果然，每当我把心安定下来，很多次祈请上师和佛菩萨的加持，都能解决问题，渡过难关。

现在，我把这个窍诀分享给大家：当你因为一些事情难以进展而手足无措时，你先劝自己放松，让自己别着急。按日嘎说的那样，你就会有智慧解决所有的困难。

丹姆

　　我见过许多修行人。虽然严守戒律、精进修行是修行人应有的素质，但是许多真正的修行人还是让我非常随喜和赞叹。

　　丹姆的丈夫和孩子都死得很早，在我小的时候，她就一直待在色登寺里。我记得那时丹姆非常精进，她每天上午都会在寺院转绕经堂，下午院子里如果冷了，她就在屋子里边转经轮边念心咒。

　　我住的房子是阁楼，和丹姆的房子只隔着一面墙。后来我才知道，在我读书的时候，丹姆会面向着我房子的方向坐在那里转经轮念咒。有一次，丹姆说我什么时候饿了累了，她都能从我念经的声音里听出来。当时我没太在意她的话。那时色登寺非常困难，大家都吃不饱饭，小喇嘛们每天只能吃到一点糌粑和一点点牛肉，念经时总会有人饿得昏倒。丹姆担心我也会饿昏倒，就经常来问我饿不饿。她还把她家里的糌粑做成樱桃大小的团子让我上课时带着，饿了随时可以吃。

现在想来，这是一种很真实的关怀，丹姆从内心深处关心着我。她是色登寺十三世活佛的弟子，她对我的崇敬一点也没改变，无论我的年龄多大，长的样子怎样，她都信心具足。

后来我去辽西寺佛学院学习，之后，在回到色登寺那天，丹姆的家人来请我去给她念经，说她一直在等我回来。

我到了她家的时候，丹姆已经说不出话了，但她看见我之后，眼睛里就流露出很高兴的神情，她伸出双手对我合了掌就安详地往生了。

我们世间人的情感都是会变的，不仅是夫妻、恋人之间的感情，就连孩子对父母的爱也会有所变化。三四岁的时候，我们对父母的感情非常纯洁、非常依赖，但等到稍微长大一些，许多人就会觉得父母这里不对那里不对，对父母就不再有那么多的信任了，再大些甚至还会和父母顶撞。

而真正的修行人对上师的信任却像钢铁磐石一样不会动摇。丹姆见到我就满足了，就能安心地走了，我觉得弟子对上师最大的信心莫过于此。

南珠

以前，色登寺附近有个老阿姨，名叫南珠，她没有结婚，也没有小孩。

南珠是色登寺第十三世活佛的弟子，她刚修完加行，十三世活佛就圆寂了，所以她没有修到大圆满法。之后她一直念的就是"香且森窍仁波切（菩提心妙宝）"这四句发心的仪轨，平时就念观世音菩萨的心咒，多年来一直这样。

在我小的时候，她是住在自己家里的。那时的她已经是满头白发了，但她经常到色登寺来，所以我常常可以见到她。南珠是个非常好的人，她每次见到朋友也好，亲戚也好，即使碰到的是和她们家有矛盾的人，她总是一见到就双手合掌，然后头往下低一点才说话。不管见到男的还是女的，她都是往下面走，让别人高一点。她要么坐的地方低一点，要么站的姿态低一点，然后很谦逊地说话，声音也低柔顺和。甚至我看到，她对一些动物，比如牦牛、羊和马等，也是一样的恭敬，她会念"嗡嘛尼呗美吽",然后念发菩提心的仪轨,再和那些动物碰个头。

南珠说:"我觉得怎样对待人,就该怎样去对待其他众生,要平等。比如说羊也好、牛也好、马也好,我要像对待人一样去对待它们。对所有的生命,我都要有恭敬心,要尊重,把他们当成以前藏地的土司一样才行,这一生能做到这样的话,我就很圆满!"

大家都知道南珠没修过什么很高深的法。那个时候我年纪比较小,不知道她说的是那么殊胜的窍诀,也不知道她的这些行为是那么好。现在回想起来,有这样的修行人,我真的很赞叹!很多高僧大德都比不过她,甚至我自己也想,我能不能做到她这样?我们大部分人都做不到吧?

大多数人一直在想,求到大圆满法才圆满,很多修行人也认为,这一生见到不可思议的佛菩萨显现,或者有了什么感应才算圆满。但是我觉得,这些都不如南珠这样的修行人所做到的调柔、恭敬、慈悲更圆满。人们都知道因为十三世活佛圆寂,南珠没有修到大圆满法,但我认为,她其实已经得到了上师的加持,修到了最殊胜最圆满的法!她所修到的这些慈悲、忍辱,在我看来和大圆满法一样殊胜。当贪心傲慢占据了我们内心的时候,再圆满殊胜的法,也根本进入不了我们的心了。

我们可以想一想:我们自己对别人有没有生起过一时一刻真正的恭敬心和尊重?我所说的"真正"是指从内心流露的恭敬,而不是因为对方对自己有"用处",是自己的领导、老板或者是我们想要取悦的恋人而表现出来的恭敬。如果对方不是我们的上师、老师、朋友、邻居,如果不是为了让别人觉得我们有礼貌有教养,那我们会不会发自内心对所有生命和所有人都恭敬、都给予尊重?路边的小蚂蚁,嗡嗡作响的苍蝇,一只肮脏的流浪猫,我们会不会认为它们是和我们一样的生命而去尊重它们，给它们留有空间，不会随手就把它们捏死或者踢一脚呢？

我们可以想一想：我们看到穿得比较讲究、长得比较漂亮的人，听说他有什么头衔，我们就觉得这是个值得尊敬的人，自然对这样的人说话态度很恭敬，也很注意自己的礼貌态度。而对于一些贫苦的小摊贩，穿的比较破烂的农民，甚至有些因疾病而肢体不全的人，我们又是怎样去对待他们的？会不会有点居高临下或给他们一个相对比较好的态度？会不会出于我在修一个功德的发心而给他们施舍？会不会觉得他们这一世的贫苦，是因为他们以往造下的恶业，以厌恶蔑视的态度去对待他们？

我们需要时时刻刻观察自己的心，提醒自己，慢慢去改变自己对于生命平等的态度，在任何小事上去修忍辱和慈悲。如果我们怀着对万事万物的恭敬，那我们就都成了真正的修行人，是值得所有人都随喜赞叹和恭敬的。

最殊胜的妙法不是向外求的，全在你自心里，你寻找到了，就获得了圆满！

老喇嘛阿多

我在辽西寺学习佛法的时候，陪我去的是色登寺的老喇嘛阿多。

和大多数修行的老喇嘛一样，阿多也非常虔诚，他是色登寺十三世活佛德尔色·切美仁波切的弟子。老喇嘛阿多和我认识的大多数修行人有个不一样的地方——他一直不用佛珠。有一次我问他为什么，他说，我不用和谁去汇报我念了多少心咒，但是阎罗王会记得我念了多少，佛菩萨知道我念了多少，我自己知道我的心一直和佛菩萨相应着！

后来有一次，他又告诉我，念心咒主要是心，只要心相应了，怎么念、念多少遍、声音是大还是小，根本都不重要。

我赞同他的话。在我看来，老喇嘛阿多差不多随时随地都在和佛菩萨相应着。他吃糌粑，有时手还在碗里捏着，却突然停下来，整个人一动不动。没有人叫他的话，他会一直停在那里。如果有人提醒他，阿多喇嘛就开始继续吃，他完全没有意识到自己停顿了多久。又比如，他正走着路也会突然停在那里，有时是在寺院的小路上，有时却是在行人拥挤、车来车往的大马路上。随时都有可能，他就突然静静地停在那里了。如果这时有人叫他走，阿多喇嘛才会回过神来继续走路。有的人会觉得他很傻，但我知道，他一直在关注自己的心，于是就随时在空性里安住了。

老喇嘛阿多在临走的前几天对我说，他在前一晚梦到了阿弥陀佛，又说他的房子里一直都有西方极乐世界的声音。以前他也说过，当风吹过花朵的时候，他听到了心咒的声音。我的大恩上师松吉泽仁仁波切开法会时，草原上会开出黄色花朵；法王如意宝在讲法时，会有雪莲花出现，并且呈现出种种瑞象。可见修行在于心的相应，一切都在空性里。

那我们拥有这样的暇满人身，在修法时应该怎样呢？

我们在共修的时候，很努力想要完成心咒或佛号的数量，这很值得随喜，说明我们已经有了很大的发心，并且已经在努力实修了。但是，在念诵心咒和佛号的时候，只一味完成数量是远远不够的，更重要的是，要像老喇嘛阿多一样，心和佛菩萨完全相应。老喇嘛阿多说得对，我们念诵佛号和心咒不是为了要向谁汇报，而是为了我们能够真正生起慈悲心和菩提心，是因为我们真的想要解脱成佛，想要救度众生。

如果你们把我当作上师，那么我就是你们的父母，你们的上师，你们的朋友，你们的兄弟姐妹！我希望听到你们修行的进展，甚至希望弟子能够修成菩萨，能带我们大家去净土，而不是自己完成一个表面的数量，内心却没有出离心和慈悲心。如果只是在等待上师的加持，那离我们真正的修行之路还很远。我不希望有人总是明知故犯，不断忏悔新的罪业！只想通过上师的加持来清净罪业，而不是真正地从内心断恶修善，这不是大乘佛子的行为。

希望每个人都能常常看看自己的内心,是不是在修行的道路上走得很好、很欢喜。那么多的老修行人为我们做了那么多示现,我们完全可以找到榜样,沿着他们的路走到解脱成佛的彼岸。

闭关三十年的修行者

我在噶陀寺的时候,有一次江央堪布在传灌顶的期间生病了,给我们放七天假。在这期间,我们可以选择到别的上师那里听传承,也可以自己闭关,或者去朝拜其他寺庙。

我想了很长时间,决定去加查巴德,因为那里曾经有一位很了不起的上师,虽然他已经不在世了,但我很想去朝拜他的寺庙。我问了几个同学,他们都不打算去,而我已经决定要去,就开始打听路线并且准备食物和水。

第二天一早我便下了山。走了四个小时就到了山下,我没有休息,继续走。天黑的时候,我找到一个农民的家借住了一晚。第二天天还没亮,我就离开了继续赶路。

天黑乎乎的,我拿着一个手电穿过一片小树林,天有些冷,我走得很快。走啊走啊,走到天都亮了,终于出了小树林,就看到一个伐木场在那里。我知道这儿离加查巴德很近了，有许多老百姓的牛临时放在这里，我坐下休息，向放牛的人要了一杯茶。

喝了茶以后就又动身了，两个小时之后就到了加查巴德。

寺院非常残破，比那时的色登寺还要严重，几乎就要倒了。整个寺院唯一剩下的那间大房子，一半在漏水，另一半还勉强好着。我看了看挺结实，应该不会立刻倒塌的。

只有一个老喇嘛和一个老阿姨在这里住着闭关。他们住得相隔很远，几乎从来不来往，那天我来了，为了给我拿一点吃的，他们都到了这个寺庙的房子前见我。之前他们因为在闭关，已经有三四年没有说过话了。

我们坐下聊了一会儿。天渐渐黑了下来，他们给我留下一床被子后，便各自回去休息了。我就在那个破房子里睡觉，虽然是夏天，但是晚上还是冷。我躺在地上，透过没有玻璃也没有遮挡的窗户看着深蓝色的天空。天上没有星星。

我一点睡意也没有。我想，这么破的一个寺庙，大成就者早已经不在了，我还那么辛苦地从老远的地方赶来，到底追求到了什么呢？是追寻到了他的足迹呢，还是我自己想要的一种加持？

我到底得到了什么？我只要有信心，觉得这是有意义的事情就能得到加持吗？我觉得我这样回去太不值得了，想来想去，我更加睡不着了，就起来去转经堂。

到了早上五点左右，阿姨也来转经堂，我看得出来她很精进。她没有跟我说话，只是在走她的路，很轻松很快乐的样子。虽然年龄很大了，但她看上去完全就是一个清净修行人。

因为转了一夜的经堂，到上午九点多的时候，我实在走不动了，坐下就睡着了。我睡得很香，一直觉得很温暖。不知道睡了多久，我醒来时，发现太阳正晒着我。

老喇嘛叫我喝茶，我们聊了起来。后来我才知道，他们三十来年一直在这里闭关，而且住得很远，各自修行彼此不打扰。他们喝的是清茶，里面没有酥油。

我问他为什么不去化缘？

老喇嘛说没有时间。

我心里很震动！他们都不打算去化缘。如果粮食实在很少了，他们就一个星期拿三天守八关斋戒，剩下的四天可以吃饭。粮食更少的时候，一天就只吃中午饭，下午就不吃了。他们三十年来都是这样。有些藏民会送来些青稞，他们就接受，没有人送食物他们也不在乎，反正他们的身体一直很健康。

真正的修行人就是这样，一切都行，一切都随意。

我们聊着，老阿姨一直在转经堂。她在太阳下行走的时候，戴了一个黑色帽子，帽子可以挡住太阳，防止晒伤眼睛。后来我看到她在太阳下面打坐修脱嘎。

他们的修行不是为了给别人看的。很多汉地人认为的修行，是为了修一个姿态，而他们这样的真正修行人，修的是一种真自在。虽然在我们许多人看来，他们很傻，或者很懒，不去劳动不去赚钱，甚至觉得他们活得像乞丐一样，但他们的安定满足和内心的清净，却是很多修行人都根本达不到的，更不用说世间的大多数人了。

两天后，我走在回噶陀寺的路上，心里充满了信心，完全不同于我两天前睡不着觉的状态。我时常会想起那两位可敬的修行人，他们那么瘦弱，但传递给我的力量却是那么大。

流浪者和水做的白度母像

我刚到色登寺出家的时候，经常可以看到寺院不远处的河边有一个远地方来的流浪者，他永远在那里念着心咒做擦擦。据说他是巴塘那边过来的，至今我也不知道他的名字。流浪者头发都白了，一颗牙齿也没有，全部财产就是他身上的破衣裳和一个铜的白度母擦擦模子。

他一年四季都坐在河边，只有下大雨或者下大雪的时候会暂停一下。一旦雨雪停了，他就立刻跑去河边，到固定的石头那块坐下，然后拿出他的白度母擦擦模子，开始念白度母心咒。

我们很多人都见到过，流浪者把河水装进模子里，专心用水去做白度母的佛像，再在里面放一颗青稞当作装藏，然后念一遍心咒。之后把水倒掉，再重新开始做第二尊白度母佛像。因为使用的时间太长了，人们都说看到他的模具上捏出了他的指印，而且模具也已经磨得没有边了。很多人好奇，不管天多么冷或者多么热，他都坐在河边做度母擦擦，河水如此冰冷，难道他不怕会把手冻坏吗？那个流浪人说："你们都是大家族的人，虽然你们有牦牛和酥油可以吃，但你们即使把手放进袖子里，也会冻裂出口子。感恩白度母，我的手在冬天的冷水冷风里也不会冻坏！"我仔细看过，流浪者的双手确实是好好的。

流浪者像佛陀一样去化缘，从来不储存食物。不像我们寺院的出家人，每年会花三四个月的时间去化缘，只有化到全年的青稞和酥油，能够使自己在佛学院上课期间一直有食物保障后，才会停止化缘继续修行。流浪者没有吃的，有人送给他吃的他就吃，送好送坏他都一样接受。流浪者去化缘的时候总是敲一下门，人家给他多少，他就接受多少，这些食物够吃多少天他就吃多少天，然后他就回河边做白度母擦擦。如果没有人给他，那他就饿着，但他还是会在那里做擦擦。

许多人赞叹他这种简单和信心，他却说："我还是有个执着，很不好，我喜欢坐在这个石头上舀水来做擦擦，只有这个石头我觉得坐着很舒服。我的执着还是有，还想坐着舒服些！我要放下这个就好了。"

有一天，这个流浪者说："我有点不舒服，我可能要走了！"但他还一直在那里做擦擦，大声念着白度母心咒。下午的时候他回去了。

两天以后，有人问怎么没见那个人出来做擦擦了？人们去他睡觉的山洞找他，看到他还打坐着，但已经离世了。因为流浪者修行很清净，人们都赞叹他，都愿意帮忙用布把他包起来。

这个流浪者是个了不起的修行人，虽然他连名字也没有留下，但是我一样很赞叹他。他精进苦修，时时观察自己的心。当下，像他这样可以舍弃一切、没有什么贪念的修行人越来越少了。

土登九美

荣巴有个农民叫土登九美,这个人个子很高,也很壮,是典型的康巴汉子。在我七岁到十一岁那段时间,我常常去荣巴,有时候会到土登九美那里去化缘酥油。他留有胡子,长得很帅,总是穿着藏装,有时袖子垂在腰间,走起路来很威猛的样子。

我知道他对佛很虔诚,每次见到我,总是在很远的地方就开始磕头顶礼。

土登九美是一个特别善良的人,每天他都会细心照顾刚生下来的小牛小羊,而家里那些健壮的牛羊他却不管。他说:"人的小孩子不需要我的照顾,因为有人管他们,但动物的小孩子需要照顾,因为会有老鹰和其他动物吃它们!"

在春夏季节,每天都会有几只小牛和小羊出生。刚出生的牛羊非常弱小,走不动路,跟不上牛羊群。这时,他会把这些小牛小羊揣在怀里,把它们带来带去。那时候我真的觉得他是一个非常慈悲的人。

有一次我到土登九美家，晚上吃过饭之后他要我们早点睡觉，因为他要开始磕头了。他没有念皈依，也没有念七支供，他每天固定磕五百个头，念的是这样的内容："自己口吐自己造的恶，所有双脚伤害的众生，所有双手所做的恶业和心意里所做的恶业，现在我都忏悔！"然后他磕一个头忏悔。在磕第二个的时候，他忏悔的内容不变，却是替别人忏悔。我听着他一直在大声念着忏悔文，迅速地磕着大头。我很好奇，一直在想，这个仪轨是哪里来的？我们佛学院从来没有听过这样的啊！土登九美告诉我，这是他自己造的。因为当他大声念着忏悔文使劲磕头时，心里就没有了杂念，他的身心就都在这个祈祷文上面了。他认为除了手、脚、口还有心念，就没有什么能做恶的地方了。他说："我观想佛菩萨在自己面前，我大声说着忏悔，我的心里就没有别的东西了，我想的全是忏悔！上师们说要发心，我不懂，我没那么多想法。"

每天磕完五百个头之后，土登九美也不再去放牛放羊，只和小孩子们玩。

我十五岁那年，我的上师去荣巴带着大家修颇瓦，活着修颇瓦有验相的只有他一个人。在上师开始修颇瓦法的时候，土登九美一个鼻孔流出白色的液体，一个鼻孔流出红色的液体，呈现这种现象之后他当场就去了。

在修行的人当中，能够修到这样的，都是对上师有非常大信心的人。

旺扎的慈悲心

我老家有一个人叫旺扎，他特别喜欢小孩子。我三四岁时，他已经六十多岁了。他对自己家里的小孩很喜欢，对我们这些别人家的孩子也一样喜欢。

在我小的时候，每当春天和秋天，家家户户地里的农活特别多。我家的田地离我们家很远，爸爸妈妈每天很早就背着农具和午饭去地里干活，要到很晚才回来。虽然我很想一起去，但是他们没有办法带上我，只好把我托付给人照顾。而唯一能够托付的人，就是住得离我家很近的旺扎。

记得那时爸爸妈妈经常把我送到旺扎的家里让他看护我，然后他们就去干活，到了晚上再到旺扎家里把我带回家。

"旺扎是一个特别好的人！"几乎我们附近的所有村民都会这样说，我也这样认为。旺扎不像有些大人对小孩子那样没有耐心，他总是很心平气和，对像我这样是请他看护的别人家的孩子，他也绝对不会有一丝的不耐烦。

有时，好几家人都想把孩子放在他家托他照管，他会全部一起收下。被他看护的日子里，我们总是跑来跑去地玩儿，他从来不会说我们，或是让我们坐下来别乱跑，反而一直跟着我们，我们跑到哪里他就跟到哪里。现在想来，一个六十多岁的老人，跟着几个孩子跑一天是很累很辛苦的，而且这会影响他念心咒。

旺扎对牛羊这些动物也很慈悲。在夏天，有很多牛羊会钻进青稞地里，这时大多数人会扔个石头过去，把它们赶出去。旺扎却不，他宁肯多跑些路去把牛羊牵出去，有时还低声和牛羊说着话。

据说旺扎年轻时并不是这么慈悲。我听说旺扎在二十岁时曾经杀过一只兔子，当他提着兔子路过一个僧人的闭关房时，那个僧人正好开门出来。旺扎在杀兔子的时候没有想别的，但一看到这个僧人，突然就在心里把自己和兔子的身份做了个交换，他想，如果我是兔子，在被杀时会怎么办？一想到这里，旺扎就非常后悔。这时僧人也流泪了，对他念：嗡嘛尼呗美吽！旺扎当即就皈依了那个僧人，从此戒杀，并且开始精进地念佛修行。谁也没有想到，旺扎后来竟然成了一个修行特别精进的人。

旺扎家门口的墙上有个很大的洞，黑乎乎的。他说："这个洞离我睡觉的房子很近，很多年前我有好多次都想把这个洞堵住，但最后都没有去做。现在我年纪大了，想想当时没有把念经和转经轮的时间用在修房子去享受上，真是太好了！去修这个房子补这些洞，一定会给别人添麻烦，自己还要准备石头泥巴。幸好我放弃了。"

我们的家住在山坡最高的地方，冬天风很大，旺扎却似乎不在意。我们以为旺扎年纪大了不怕冷，没想到他实际上是在修无常。后来我在学习《前行引导文》的时候，看到里面有个公案讲的大成就者也是和旺扎一样，心里就明白了，旺扎，他是一个精进的修行人。

旺扎和他的转经轮

在我的印象中，旺扎永远都和他的那个超大转经轮在一起。我每次见到他，都能看到他拿着他的转经轮。

他的转经轮好大啊！那个轴棍有一米多高，上面的转经轮有大盘子那么大。我记得那是黑牛皮做的，因为多年不停转动，牛皮被摩擦得又黑又亮，包浆厚厚的。他在腰间勒一个皮腰带，行走时把那一米多高的转经轮插在腰带的环里，右手转着，左手捻着佛珠，嘴里念着心咒，从不间断。

当他坐下时，他就把转经轮支在自己腿间的地上，这时转经轮比他的头还要高一些，仍然不停地转着。

我不知道旺扎睡觉的时候是怎么放置转经轮的。我见到，他只有在地里干活时才会把转经轮放在地边，一干完活他就会立刻抓起转经轮开始念心咒。在很多时候，他正专心地走着转着，突然就会停下脚步，除了右手还在转经轮，连眼珠也不动了。有一次，他又处于这样的状态，我们拽他的衣服叫他，问他怎么了，旺扎回过神来后，好像很满意，说："我很多很多年前希望能够得到这个，现在终于得到了！"我很奇怪，他到底得了什么东西？我们看他什么也没有啊。

后来知道，他说的是安住的状态。

我离开家乡到色登寺出家前两个星期，我妈妈又把我放在旺扎的家里请他照顾。有一天，旺扎对我说，他以前不觉得转经轮很重，现在觉得非常沉！以前不觉得佛珠很重，现在也觉得重得不得了。他说他听他的上师说过，如果自己的力量和能量下降了，那是生命快要结束了。他对我说："估计我活不了多久了。"

许多藏民在年龄大的时候，会把这一辈子转经轮磨出孔的所有海螺壳串起来挂在床前。旺扎说，他从来没有收藏过，年轻时他也关注过转了多少经文，念了多少心咒，但他现在不执着了。

那天他突然叫我，说："阿多次仁，我有一个发愿，我走了以后，谁只要能摸到我的转经轮，就会变成像我这样一个离不开转经轮的人。"

我当时想，像我爸爸他们那些大人，天天都在忙着干活，哪有时间和你一样坐在那里不停地转经轮？

在我要离开家乡的一天早晨，我妈妈突然说："今天的天空好漂亮啊！"我们全家都出去看。我记得蓝色的天空有一片白色的云，是藏文"嗡啊吽"的样子。

半个小时后，旺扎的儿媳妇出来说，旺扎昨天晚上睡觉时还好好的，早上大家起来时，发现旺扎已经走了。她让我的父母去帮忙。我爸爸回来时说，旺扎是在睡觉的时候离开的。大家看到他端端正正坐着，和活着的时候一样。

在我的生活中，有许多这样平凡得不能再平凡的人，长相很普通，穿着也很普通，但是他们的善良和清净让我时时想起来就很感动。他们心越来越纯净，在他们离开后，还会留下一段传说和赞叹。

我想，他们是来给我们这些不够精进的修行人示现的，让我们有了力量和信心。

极简生活者

色登寺十三世活佛德尔色·切美仁波切有个姐姐,也是一个出家人。我知道她是一个很好的修行人,但有人觉得她是"神经病",因为她完全没有为任何事情刻意费过心,显得特别随心所欲,和常人不太一样。比如她在说一件事情的时候,会说着说着就突然转到另外一件事上去了,没有什么开头,没有中间,也没有结尾。

她待在寺里念经的那些天,也会突然就离开寺庙。有时是早上,有时是晚上,有时是凌晨,甚至是半夜,她随时想走就走了。所以大家认为她就是"神经病"。

实际上不是这样的,她是修到了一定的境界,已经心无挂碍了。

她生活特别简朴,但她总说:"我很快乐很快乐,非常快乐,我很开心很开心。"

我记得她有一个煮茶的壶,有一个小小的袋子,袋子里面装的是糌粑。她还有一个碗放在一个包里，这就是她的全部家当。走路的时候，她就把这些背到肩膀上。如果她坐下来休息，她就会煮茶，然后就着茶吃点糌粑。她觉得这样很好，东西不多，容易携带，而且随便坐到哪里都可以马上煮茶吃糌粑，也不需要做很多很多的事情。

她吃得很简单，因此麻烦就少得多。在汉地我们吃个饭，要做菜，要煮米饭，需要准备很多的东西，要做很多的事，如果想吃得丰盛些就会更复杂。而在藏地，虽然没有那么丰盛，但还是挺复杂的。比如说要做牛肉，要做酥油，还要做牛肉、酥油的各种类型的包子、面块等等，也需要做很多很多事情的。而她觉得不必要，走到哪里，只要煮个茶吃个糌粑就可以了，很简单。她觉得她很快乐，很舒服，也很满足，因为可以省出更多的时间来念经念心咒。

有一次，她过一条河，一不小心，身上背的茶壶和糌粑被水冲走了，然后她就什么都没有了。但她反而好像更开心了，她觉得从那一刻开始，她的生活更加舒服了。

为什么呢？因为，以前她总带上这些东西，非常重不说，还得老牵挂着，现在好了，连这些负累也没有了。

后来，人家再要给她这些东西，她就说："我不要了。我没有这些以后就更加好了。"她认为，只要能够满足最基本的生存就可以了。

生活就是这样，越舍越简单，越简单越快乐，放下越多就越开心。但是我们大多数人，却做不到这一点。

我们总是焦虑，担心存的钱不够自己花，不够儿女们花，甚至担心自己死了以后，存的钱不够儿孙们花。几乎所有的人都认为，不管自己拥有了多少财产，都还需要赚钱，没有钱就仿佛没有了保障。

我们总是担心现在的事业、工作不能长久平稳。人们都希望在退休之前的几十年里都能够一直顺利，没有变化，没有意外，特别是有官职的一些人，更是希望有机会升职，而且时刻害怕别人替代了自己。

我们总是忧虑，怕自己爱的人不爱自己了。人人都期待天长地久，但面对诱惑时，往往就忘记了曾经对爱人许下的誓言。遭到背叛的那个人郁郁寡欢，伤心欲绝，这所有的痛苦都是因为：世间的人们对一切都不舍得、放不下，认为这是"我的"，那也是"我的"，没有的样样都想拥有，再多也不嫌多；拥有的不舍得失去，就算没失去也永远在患得患失。

这有多么苦啊！这样想来还是德尔色·切美仁波切的姐姐更智慧，她舍去一切不需要的，心灵更轻松，反而得到更多空间和时间寻得真正的快乐。

其实是越舍越快乐！

把心修得像天空一样宽阔

(一)

土绒活佛曾经讲过他自己的故事。

土绒活佛说,在二十世纪六七十年代的一段时间里,大家每天中午都要开会批斗他,批斗会一直持续三四个小时。头一天他想:"我明天又要挨批斗了,但我一定不能生起嗔恨心。"于是他每天虔诚观想、祈祷上师,在观想上师的面前发誓:"明天不管是谁批斗我,谁骂我打我,我都不能生起嗔恨心。"

第二天中午,那些人和往常一样,怒气冲冲地把他叫出来带到会场公开批评、打骂。土绒活佛说,有时他从批斗会一开始时就念《普贤行愿品》,到念完的时候,他们正好也就打骂完了;有时因为挨打的时间太久,只念到一半时就昏了过去;但是,他从来没有生起过嗔恨心。

后来佛法复兴，他又开始弘扬佛法。这时候很多人对他说："仁波切，我们曾经因为无知造过很多罪业，也对你做过很多坏事，我们要在你面前忏悔！"

他说："你们不要担心，我从来没有生过你们的气，这是我修忍辱的一个对境，对我修行非常有帮助，我还要感谢你们！"

他修忍辱真的修得非常好，我们大多数人都是做不到的。

（二）

我的上师仁波切坐着的时候很庄严，但其实，他站起来的时候个子很小。那是因为当年有个人打他，他脊椎部位的骨头被打断了，虽然在十五岁那年做了手术，但从那个时候起，上师仁波切的个子就不再长了。

打他的人现在还在，而且，上师仁波切在传法的时候还经常叫他坐到最前面、离上师最近的地方。

我们凡夫心里会有这样的想法：挨着上师坐得越近，得到的加持力就会越大；要是我们在灌顶的时候能够坐在最前面，那得到的加持力就会更大了。这是一种执着。其实，不管坐的是远还是近，得到的加持力都是一样的，但我们就会有这样的执着和分别。因此，上师仁波切经常在法会或者灌顶的时候把那个人叫过去，让他坐在离上师最近的地方。于是，他就经常坐在那里，灌顶也是先给他做。

上师仁波切对他真的非常非常好，从来没有对他生起过嗔恨心。上师自己也在传记里面写道：对于曾经打骂过他的很多人，他从来没有生起过哪怕是一瞬间的嗔恨。

我们很赞叹这样的高僧大德！他们修持了慈悲，修持了大乘佛法，达到如此这般的忍辱境界，他们的心就像天空一样宽阔！我们所在意的那些贪、嗔、痴的对境，在他们犹如虚空般的心里，什么痕迹也没有。如果不是大成就者，怎么可能做到这样呢？

现在我们很多人认为，只有上师、佛菩萨、成就者可以做得到这样，我们肯定做不到。其实，只要我们自己愿意做的话，是能够修到土绒活佛和上师仁波切那样的忍辱境界的，我们真的一样可以做得到。

（三）

我很赞叹我们色登寺附近的一位农民。

这位农民的儿子被别人杀了，大概一个月后，双方就要开始谈判。这位农民就说："不需要谈判。过去我的儿子做了这样一个因，现在得到这个果，这是因果法则，是不会错乱的。他也不希望杀我的儿子，我的儿子也从没想过会死在他的手里，但大家就是遇到了这种事情。因缘聚合在一起的时候，两个人就变成了这样，所以，现在不需要谈判，我们要从和平的角度去看待。本来我们从小就开始念诵观世音菩萨心咒，大家就要围绕观世音菩萨'世界和平'的发愿来解决。你们给我儿子的赔偿款不用付给我们家，你们把钱拿去多种一些善根，可以刻个《大藏经》，我们不需要这个钱。我们从这件事情发生开始就没有仇恨，以后也不会有。我们彼此要像朋友一样对待。"

当我听到他说这些话的时候，觉得他真的是菩萨，应该要学习他。

作为出家人，如果这样的事情发生在我们身上，我们能不能做到他这样？恐怕真的很困难。这个"困难"的念头一出来，我就感到非常惭愧。他是一个在家人，能够有这样清净的发心，我们应该随喜他，他这样做真的是非常非常得好。

　　这些故事告诉我们要好好地修忍辱。我们过去做了这样的因，现在得到这样的果，我们应该要好好地修行回向，这既是我们修忍辱的一个对境，也是非常好的一件事。同事之间也好、朋友之间也好、夫妻之间也好，都要尽可能地去修忍辱，把自己的心量打开，让自己的心像天空一样无边无际，烦恼自然也就无处可存。

不必太在意

我们色登寺有个喇嘛,我很佩服他,也很赞叹他,我觉得我们应该向他学习。

这个喇嘛小时候生了病,手脚都是残疾的。他的脸也比较难看,有人说他像鸡,有人说他像羊,人们常常议论他,甚至当着他的面也会说不好听的话。听到这些,他并没有不高兴。他的右手动不了,但左手可以动,别人说起他的缺点时,他马上用左手在胸前来表达合十之意,然后念"上师知!"每次别人笑他,他都是这样的。从来没有生过气,也没有过怨恨。

有些学佛人的修行真是很好,他们的性格、脾气等各方面都不错。还有些学佛人平时对三宝非常恭敬,学习佛法也很精进,但是一旦遇上他的员工有哪些事情做得不对,就开始发脾气骂人,而且骂得非常难听。我觉得学佛的人不应该这样,遇到这种情况,完全可以调整自己的心态,好好地说那些事情哪里不对，应该怎么去做。我们对上师、长辈、领导往往都能控制自己的情绪，而对那些比自己位置低一点的人，我们就忍不了、容易生气，这是非常不好的。

比如，我们去饭店吃饭，点好单以后我们在那里等，等了很久很久服务员也没有端来饭菜，心里就烦躁起来。催了几次之后有的人心里还会生起嗔恨，开始发脾气，或者大喊："为什么还不上菜？怎么回事？"

我们学佛的人应该平和，任何人任何事都要用慈悲心去对待，不能因为饭菜上迟了些，我们就大喊大叫。凡事需要忍一忍，我们要训练成对什么事都不在意。

排队的时候也是一样的，在我们后面的人强加到前面，或者别人挤到了自己，我们就开始发脾气生起嗔恨心。这个时候我们就要告诉自己：真的不必太在意。

色登寺附近有一个修行者，他修得非常好。他弟弟的孩子被别人杀害了，他却去了那个凶手家里帮忙念经。他家里人阻拦他说："你不能去，你去了我们家就太丢面子了！他们的家人杀了我们家里的人，你还要去给他们念经？"

这个修行人说："我是一个修行者，对我来讲，没有敌人，也没有亲人，所有人都是一样的、平等的。"

那我们观察一下：这件事情如果到了自己头上，我们能不能做到像他这样？做不到的。

所以，能做到这样的人真的非常不容易。这是非常清净的一个修行人。我们修得清净以后，就可以看透因果，以德报怨，就可以什么辱都能忍得了，多么大的事情都可以不在意了。

阿底峡尊者跟他的弟子说:"从此以后,不能在意地位、不能在意名声、不能在意对境,你就修持慈悲心。"他的弟子听从上师的话,依教奉行去做,五年就修成了。其实,这些话也是尊者对我们每个修行人说的,重要的是,我们愿不愿意这样去做。

香巴拉并不遥远

色登寺以前有个叫白玛次仁的喇嘛,每到吃饭的时候,管家就给他端饭过去。

如果管家问他:"师父,你现在很饿吧?"

他就会说:"我很饿。"然后管家端去多少他就吃多少。

如果管家问:"师父,你现在不饿吧?"

他就会说:"我不饿。"然后管家就会把饭端走,他也就不吃了。

对他这样的修行人来讲,吃和不吃都是一样的。但是普通人就不同了。如果我们饿了,就必须要吃饭。倘若当天早饭没吃,到了中午,就一刻也不想等,赶紧去填饱肚子。

我有个朋友,肚子一饿就必须马上吃饭,不能耽误一分钟。有一次他对我说:"活佛,赶紧去吃饭吧,不吃饭我就没有力气了。"如果让他等一下,他就受不了,会说:"我不吃饭就头晕,肚子饿得疼!"

但对白玛次仁喇嘛来讲，吃和不吃都是一样的，这并不是他反应迟钝，严格的修行已经让他断除了执着，显现了心的本性。

其实，所谓的"饿"是我们内心造作的错觉。由于我们心里觉得很饿，然后就生起"想吃东西"这个贪执。但白玛次仁喇嘛已经到了一定的境界，吃和不吃对他来说都是一样的，你让他吃，他就吃，你说不吃，他就不吃。

这就是心远离造作的清净本性。

当我们明白心的本性以后，也就会了知一切都是心的造作，包括疼或者不疼，饿还是不饿。

我们要怎么断除这种错觉呢？怎样去明白心的本性呢？

我们现在就可以开始从小的方面慢慢训练自己。比如打坐的时候就可以修空性，听到水声、风声甚至更大的声音，比如悦耳的音乐，我们在听的过程中，当大脑意识全部集中的时候，就停下来，放下。我们不要去想音乐，然后就安住在这个空性当中，哪怕只是一秒钟，我们也要安住其中。我们这样开始训练，就会有帮助。

很多人都在说"香巴拉并不遥远"，很多学佛的人都发愿说："我要去香巴拉净土，那里非常殊胜庄严。"香巴拉确实很不错，很好。而且从一个角度讲，香巴拉离我们确实并不遥远，但从另一个角度讲它又遥不可及。如果我们想要去香巴拉，就必须找到一个正确的方法，一个好的途径。比如你想去北京，那就要么坐汽车，要么坐火车，要么乘飞机，如果选择走路的话，肯定就很困难了。同样的道理，如果我们要去香巴拉净土的话，就要修习佛法，守持戒律，证悟空性智慧，才能去得了。如果不修行，想去香巴拉那肯定是很困难的。

如果我们好好修行，真实地生起慈悲心，生起菩提心，那么我们离解脱、离香巴拉就非常近了。

你和香巴拉净土的距离，其实只在一念之间。

越简单越快乐

我们寺里有一些老觉姆,她们修行非常精进。经常有她们的家人和亲戚想到寺里来看望她们,或者送些东西过来,这时候她们总是说:"不用拿东西过来。糌粑多了,我的房间太小放不下,我磕头就没有空间了。你们经常过来,我打坐的时间就得推迟。有时候正打坐,你们来就会打扰我,也耽误你们的时间。没大事情你们就尽量不要来吧,会影响我修行,我念经的时间都不够啦。"

我们能做到她们这样吗?比如说有些人去一个山洞里闭关或者去哪里静修,如果有亲戚过来,也许有人高兴得不得了,会问亲戚带了什么好吃的东西没有。但她们不是这样的,她们的想法是:我不去看你们,你们也不来看我,我就放下了。你们有事情可以过来找我,我可以帮你们解决,或者可以念经。但是没有事的时候天天来找我,这是不行的。

这些老觉姆在修行上很认真,在生活上却非常简单,几乎没有什么要求，总是很满足很快乐。

现在我们每个月给色登寺养老院的那些老阿姨一点钱作为生活费，虽然不多，但这对她们来说完全可以让她们安心生活，全心修行了，所以她们都很开心，觉得现在很有钱，有很多吃的东西，就非常满足。她们经常说："感恩上师和寺庙给我那么多钱，还给了吃的东西，那么多！"

她们也知道，世间一切眼、耳、鼻、舌、身所能感受到的色、声、香、味、触，都是诱惑。就像喝盐水越喝越渴一样，这些诱惑让我们越享受就越增加贪心，也越是放不下。所以，她们就慢慢把这些断除，慢慢放弃一切贪欲享受，放弃一切牵挂和烦恼，这就是修行。

这些老觉姆和老阿姨的修行，让我觉得真的很随喜也很佩服。在修行中能做到这样的，才是真正的修行者。

寺庙在收到汉地师兄们寄来的旧衣服后，就会分给附近老百姓，或者是分给养老院的这些阿姨们。阿姨们觉得好开心，穿的时候就很高兴，总是在比较重要的日子才会穿这些好衣服。她们认为这些衣服很漂亮，并不觉得是旧的或者穿过的就不好。从这点我们看得出来，她们的贪欲心非常小，心也非常简单纯净，容易满足和快乐。

我们学佛的人也应该做到简单。当然，一开始肯定觉得很难。

比如说你真的放弃世间自己拥有的一切去寺里修行，寺庙同样发给你和养老院这些老阿姨一样多的钱，你会不会像她们一样觉得自己很快乐，很舒服，有很多钱，有很多吃的？你有没有这样的满足呢？我担心是没有。假如你没有其他生活来源而只有寺庙提供给你的这些，你可能可以接受，但你肯定没有快乐感和满足感，而只有失落，因为我们见识的东西太多了，曾经得到过的好东西也太多了。

可能许多人不能理解这些修行人。许多老人非常在意自己的儿孙有没有常来看望自己，如果没有经常来，就会觉得儿女不孝顺了，觉得自己很孤独。总是把所有的情感寄托在对儿女的期盼上，这就会有失落和烦恼。我们如果能从有事没事之中找出一些时间来好好地修持，心慢慢就安了，就会体会到满足和快乐。而如果我们总是天天在各种世间法里去生起贪心，把心放在这里，肯定是不行的。

这个世界很丰富也很精彩。要把自己从繁华中抽离出来过简单的生活，断绝物质欲望和享受，关照精神安宁和皈依，这不仅需要勇气和福报，还需要智慧。

愿我们都能明白越简单越快乐的道理，能够智慧地舍得放下，获得真正没有挂碍的幸福。

卷四　做一个欢喜的人

把一份美好的感情变成珍珠

离我家乡不远的金沙江旁边,有一个海拔比较低的地方,那里的山坡上长着很多野樱桃。每年四月份的时候,这些野樱桃都会结出果实,大些的很甜美,小些的就会比较酸。

看到人们采摘樱桃的照片,我告诉汉地的朋友,在我很年轻的时候,也曾经去山坡上采摘过一次樱桃。那个朋友很不相信:藏地,居然会有樱桃?!

是的,这样美好的果实,在我们藏地居然也有!

我有个很美好的回忆,那是在我十几岁时候的一个四月里,有位朋友和我一起去摘过野樱桃。

二十岁之前我都在辽西寺的佛学院学习,从七岁起,我每天都在紧张地学习经论,要么就在参加法会、念经。我在严格的戒律中度过每一天,没有虚度过时光。平常我每两三个月学完一部经或论,通过考试之后可以有一两天休息时间。那时我喜欢坐在辽西寺的松林里听风的声音，或者洗完衣服后躺在辽西寺山坡下的河边晒太阳，那些都是我难得的闲暇快乐。

摘樱桃那天阳光很灿烂。路边是绿油油的青稞地，有几个阿姨散在地里忙活着。我们顺着路去采樱桃，边走边聊。现在回想起来，当初聊的什么已经模糊了，可那种轻松快乐的感觉却仍然很清晰。

朋友和我找到了那十几棵樱桃树，树不高，樱桃结得也不多，可我很欣喜能够看到每一颗樱桃，而且每摘到一颗，朋友都和我一样高兴得笑！因为太阳特别大，在回来的路上，朋友用捡到的长长的绿色软草编了个草环让我戴在头上。一切都那么美好，又那么新鲜。

记得那天朋友问我，你会永远在寺院吗？

我说会。

朋友说，如果我早认识你……

我们沉默了很久，只在太阳下面走路，我心里有一些难受。

那天灿烂的阳光，朋友的笑容，香甜的樱桃，山路边的青稞地，我们一路边说边走的情形，都像被冷鲜处理过一样，可以清晰地在我眼前再现。时隔十多年，我仿佛看得到过去，可以重新体味到短暂的幸福。

但更多时候，我会用这些美好来修习人生无常。我们每个人都带着前生累世的缘分而来，每个人都经历过美好的感情，大多数世间人都会说珍惜、把握、抓紧。

而我想说的是，我们要学会把一份美好的感情变成珍珠。

如果是结婚的缘分，那就好好珍惜；如果是相遇的缘分，那就把相遇的瞬间把握好，然后轻松放下；如果你一直想着要抓紧，你一定会疼痛、失去，因为世间一切都不是"我"的，我们能做的就是欣赏、接受、感恩、回味、放下。我们要学会结善缘，或把所遇的缘分转为道用，观修无常是我们必须学会的。

渐渐地，我们就会明白，果然，人生是一场梦幻。我们执着的往往是一瞬间的美好，却都喜欢想要永远。

家乡的樱桃树每年都会结果，我的记忆还在，我和朋友一直都是十几岁的样子，可是朋友现在又在哪里？"我"又在朋友的哪里？智慧如朋友，也能明了人生无常，所以那天朋友说了半句话。

幸好我把这份美好在最好的时候定格了。

想念放在心里会疼，我就选择用美好的祝福，把这个想念包裹成一粒珍珠，从心口拿出来。这时思念不会再弄疼我，反而，珍珠美丽的光泽，会在我的修习中变得越来越光亮，甚至可以照亮我的内心，让我看到自己。

我很感恩能够在我们年华最美好的时候彼此遇见。愿这份感情变成一粒光彩夺目的珍珠，真好。

傲慢的山顶留不住智慧的水

我以前见过一个人,他问我:"你从哪里来的?"

我说:"我从西藏来。"

他说:"小师父,你坐一下。"

然后我就坐在沙发上,他拿了一个凳子过来,双盘坐下说:"小师父,面对我这边看着我。"他就开始念着什么,中间停顿了一下,突然间大声喊:"哈!"

"小师父,你看到什么东西没有?"他问我。

我说:"我没看到什么。"我确实什么也没有看到。

他说:"哦,你的业障比较重。"然后他就走了。

也许是我的业障太重,也许是这个自称阿秋喇嘛弟子的人傲慢心太重。在我的人生当中,除了阿秋喇嘛,从来没有人问过我这样的问题。当年我和阿秋喇嘛在一起的时候,阿秋喇嘛曾做过一个手印给我看,当时周围还有许多僧人，我看到手印里面有一个龙钦巴尊者的像，大家也都见到了。

阿秋喇嘛不单是对我这样，很多高僧大德都承认他这样问过："我头上有什么？我胸间有什么？你们看到没有？"连我的上师仁波切和阿秋喇嘛在一起的时候，阿秋喇嘛也说："阿琼，你看到没有，我这里有一个观世音菩萨。"上师仁波切也承认，人家确实是成就佛的果位了，所以他可以做到。我在藏地见过很多上师，除了那次以外，从来没有人问过我这个。

有些人学了一些佛法知识，就觉得已经精通显密，就开始傲慢了。其实，佛法的八万四千法门博大精深，只是学了一两本是学不会、学不通的。我们应该谦虚，这很重要。不管你真的学得怎样、修得怎样，做人都必须要谦虚、低调，这非常重要。无论是法王、仁波切、大活佛还是师兄里的大师兄、小师兄，不管是年龄大的还是年龄小的，大家都应该要谦虚，懂礼貌。

我们对众生要生起慈悲心，首先我们要谦虚，傲慢心对我们来讲是很大的障碍。有句话说"傲慢的山顶上留不住智慧的水"，其实傲慢心，凡夫有，学佛的修行人也有，所以我们要时常观察自己，时常断绝傲慢心。对于喜欢居高临下的人，如果有一把锋利的刀，没事的时候就放在刀鞘里，不要总是拿出来给人看。除了大成就者的示现，凡夫这样做只能增加自己的傲慢心。

如果我们的心是一个大海，那么就能容下无边无际；而如果我们的心是一个碗，那就只有一个碗的容量。如果仅有的这个碗也被傲慢装得满满的了，那什么样的妙法也融入不了我们的心，再好的上师也无法教给我们修行的法门了。同样的道理,如果我们从来都居高临下俯视别人,那我们怎么能够看到众生的优点和美好?我们只有居于低处,内心调柔,对万事万物都有恭敬心,对别人的成就都真心去随喜,那样,我们的眼睛和心里才会有一个更大、更美好的世界。

花开的时候，
树下是否还有人在等你？

很多年以前，我会和你们一样，在美好的春天里做着美好的想象：家后面山坡上的那株桃树又长高了，并且大片大片地开着花；阿妈从河边把水背回了院子，爬上山坡朝桃树走去，在那里遥望我的归来；跟阿妈说起老喇嘛每天都会发给我三颗糖，阿妈笑了，眼睛像弯弯的月亮……

这样的幸福憧憬在我十一岁那年因母亲的突然离世戛然而止。此后的春天，桃花依旧灿烂，而我再也牵不到母亲的手了。

很多人对幸福的期待是：和所爱的人一起慢慢变老。然而，当我们规划了幸福并为之努力，等待万事俱备再去迎接时，遗憾往往已在不知不觉中发生。

你有没有过这样的经历：晚上入睡之前，突然生起一个令人兴奋的念头，连忙起身激动地翻箱倒柜寻找与这个念头相关的东西，或者把它记录下来,生怕梦醒之后忘得一干二净。然后回到床上再三回味,继而辗转反侧,最终一夜无眠。等第二天起来,就在穿上鞋的那一瞬间,突然发觉这个折磨了你一宿的念头竟已变得索然无味,甚至可笑之极。再过两个小时,这个念头就像握不住的细沙,慢慢在手中飘散,直至无影无踪。

人世间的幸福、快乐和痛苦,就像这个念头一样,来也如风,去也如风。

大部分人过去、现在和未来一直都处在没完没了的计划中,梦想很多,目标很多,总觉得有大把的时间去实现,还有更多的完美等着我们去追求,然而,世间法里根本就没有完美的东西。广阔的天空下,天气在变幻,万物在老去,别离在发生。当我们觉得美好触手可及时,它往往已经变转了方向,非常迅速而且难以预料。谁也不知道以后会发生什么,所以,与其期待未来,不如好好珍惜当下。

春去春又回。在我们犹豫着要不要去看花,哪一天去看花,去南边看花还是去北边看花的时候,有没有想过,那棵开花的树下,还有人在等你吗?

红尘

恋人之间感情非常好的时候，会认为轮回是非常美好的，甚至会约定来世再做夫妻。生活富足又拥有健康的人们，有幸福感和满足感，也会认为轮回很好。

的确，我们这个娑婆世界有很多美好和享受的东西，如果不去想世事无常，不去想轮回的本体就是苦，没有遭遇许多突然降临的厄运，那我们对这些东西的喜欢，会让我们对红尘充满留恋。

但是，再漂亮的花朵也有凋谢的时候，天上的彩虹也总会消失，一旦两个人的感情出现问题开始猜疑争吵、健康的身体突然生了重病、高收入的工作突然失去的时候，我们才会觉得这个轮回真是痛苦，我们在这个家庭里很痛苦，和这个人在一起很痛苦，甚至觉得整个人生都很痛苦。

其实，这个轮回本来就是痛苦的，没有所谓长久的幸福。

所以，当我们遇到违缘和接二连三的麻烦的时候，我们要知道，人生本来不如意的事情就占了大半。如果自己原来对轮回还没有了解，那现在，正好利用这个机会来生起出离心。

然后，我们要对可怜的众生生起慈悲心。因为不单单是我们自己，其他的众生也是痛苦的。我们身体健康时，体会不到生病难受，当我们感冒了，就知道非常不舒服。我们去医院，能看到很多因为生病而痛苦的人，有的人看上去病情非常严重，比起他们，我们的小病痛根本就算不上什么了。感同身受之后就会生起慈悲心，这是我们看透红尘本质的一个很好的对境。

有些年轻人遇到困难时容易想不通，无法面对，就开始迷茫，甚至生起各种嗔恨心，拿刀子冲到别人家门口，或者不断打电话骂人，总之是想尽一切方法来对付伤害自己的人。遇到困难、受到伤害等这些事情，从某个角度来讲，是不好的事情，但从修行大乘佛法的角度去看，这也是好事，因为这会让我们对轮回产生厌倦，生起出离心。

当我们舒舒服服、吃饱穿暖地坐在家里，一切都很顺心如意的时候，我们能想起佛陀吗？能想起上师吗？可能不会。也许我们根本不会想着去修行。

修行比较好的人时时刻刻都不会忘记佛陀和上师，而红尘里的人在自己无忧无虑的时候就忘掉了，只有遇到困难和紧急事情时，他们才会想起上师：上师，我遇到了麻烦，怎么办？

出家人也有这样的情况：平时该修行的时候他不修行，该祈请的时候他不祈请，做一些没有意义的事情浪费了时间，蹉跎大半人生。

我们既然看透了红尘的本质，就要为自己定一个计划，下一个决心：我要为帮助所有众生一起离苦得乐而修行。

可是有人很悲观，认为反正人生这么苦，我就胡乱地过日子，什么时候死了什么时候结束，还奋斗什么？总之都是一场空！

这其实是进入了另外的一种极端。看透了苦才是人生，我们才更有必要去坚强面对生活，把握自己的命运。因为，生活就是我们修行的大道场，我们身边的每一个人都是我们修行的对境。

我们应该把生活中遇见的所有事情，不管是顺利的还是不顺利的，都当成我们修行过程中佛陀对我们的考验而认真面对，那你很快就会感觉到，这样良好的心态真正能带给我们加持。

那时我们会明白，虽然红尘里的人生本身是苦的，但是，我们为了离苦而努力的过程，却是很欢喜的。

你还不肯梦醒吗？

在大家眼里，梦境和现实是分得很清楚的两回事儿。我们在梦中看到已经离世的亲人或者我们悦意的对境，就会回味，这个梦吉祥吗？欢喜吗？是什么意思呢？难免的，人们更会为噩梦困扰而担心。

在汉地有句话这样说："众人皆醉我独醒。"在成就者的眼中的确是这样。因为真正觉悟的人就会知道，我们所看到、听到、感知到的这一切，都是如梦如幻般不真实的。有人可能会问，难道我都不能相信我的眼睛和我的耳朵了吗？

是的，那所谓的真，只是相对的，如果把它放在我们的生死轮回里，依然是无数如梦如幻境相中的一个显现。要说有没有真的东西呢？只有佛法不虚，只有累世以来造作的善根恶业真实不虚地与我们如影随形。

在藏地有这样一个故事：朋友两人在一起喝茶，在热茶倒进木碗之后，其中一人还没喝就进入了梦境。在梦里，他遇到了心仪的女孩，开始了美妙的恋爱。不久，他如愿以偿娶到了这个女孩为妻，之后他们还有了一个可爱的儿子。他觉得很幸福，为了能让家人生活得更好，他努力赚钱、盖房子，这期间又经历了无数艰辛劳累和困难。可是意外发生了，他的儿子死了！这个人顿时陷入伤心和悲痛之中，痛不欲生。当这个人从梦中醒来时，他感慨万分告诉朋友说，你不知道这么多年来我经历了多少事情！他的朋友微笑着说：并没有多少年，你入睡前我给你木碗里倒的茶，现在还温热呢！

我们现实中的生活也是这样，如果把每个轮回都看成一场剧情真实的电影，那许多人都在身心投入地演戏，在电影结束的时候，我们才知道自己那么辛苦的痛苦或欢喜竟然全是假的！人们苦巴巴赚钱，感受生老病死的痛苦，为了一点点小事而伤心、抱怨父母、和儿女生气，原来只是在演一个电影啊！可是当业力把我们丢在下一个轮回里，我们会忘了以往的痛苦，又开始扮演新的电影角色。这时，我们依然会卖力地演，因为我们不知道因果规律。可能往世的电影里，曾经演过我们父母的人现在扮演了我们的朋友；曾经是我们恩人或者仇人的，今世可能是我们的儿女；上一世爱得死去活来的情人，可能在这一世正处心积虑地想要置我们于死地。再想想我们看过的电影，打仗的电影会死许多人，爱情电影会有许多甜蜜，也有许多离别；电影终场了，真的有人死掉了或者有人结婚了吗？

没有的。我们可以明白那是电影，是假的，却不能明白我们自己在轮回里演的一个个角色和一部部电影也是假的。这就是我们的业障所致，是我们无始劫流转在轮回里沉溺的习气。

世间的凡夫都认为，梦到的东西是假的，醒来后，现实中清晰的一切才是真的。实际上呢，这还是在梦里，是你醒来的那个梦之外的另一个梦而已！

那有人会问，我们难道永远就在梦里了吗？

其实，在我们临命终时，这个梦才结束了。

是梦就会结束的，只有脱离了轮回我们才是真正醒来了。但我们一定要在梦醒之前做好一切准备，才不会迷迷糊糊又进入轮回的苦，重新醉生梦死。

结婚

我们藏地的人结婚比较简单。结婚那天,通常是新娘的娘家舅舅先到男方家来,然后新郎和娘家舅舅一起骑着马,去女方家把新娘接来,回来的时候就有三个人。而这时,等在男方的全家人就会一直念黄财神心咒之类的心咒,为新婚的人祈福。等新娘子接来了,人们很热闹地祝福他们,然后大家就一起喝青稞酒、吃饭,这样结婚仪式就算是完成了。

据说有的地方也有很阔气、很讲究的婚礼,会大肆宣扬结婚,请亲友们吃饭,会大声报牛蹄、羊蹄、羊头有多少多少,但这只是我听说的。我们那里比较贫困,没有亲眼见到过这样的气派。

新郎和新娘大多数在结婚之前几乎都没有见过面,他们的父母决定后,他们就结婚了,而且基本上一辈子不会改变。

我二十多岁时曾经到汉地学习汉语。有一天我们去见老师,见面时我们就在一个饭店一起吃了顿饭。吃饭的地方在二楼,可以居高临下看到一楼的大餐厅。那天正好有人在大餐厅结婚，于是，我第一次见识了汉地的婚礼。

我看到新郎和新娘穿着雪白色的礼服与宾客们相互敬酒，很多人在祝福他们。然后，他们开始跳舞。我那时还不懂汉语，但记得音乐的旋律，后来我知道那个歌很有名，叫《甜蜜蜜》，"在哪里，在哪里见过你，你的笑容那样熟悉……啊，在梦里……"我看到人人都在笑，新郎新娘很开心，仿佛他们真的是在梦里见到了甜蜜。但我却觉得他们像是在演一场节目，给观众表演幸福。真正幸福的人的默契和淡定，我在他们脸上并没有看到。

我知道很多人今天和明天的幸福是一样的，不像天气那样不稳定——一会儿出太阳，一会儿又下雨，瞬息变幻；也有很多人，他们的感情和幸福变化非常快，说失去就失去了，也许现在很开心，晚上就会吵架。不知道为什么，那天我见到的那对新人，他们的笑容让我觉得他们一直是在向别人宣告：我今天结婚了，我要拼命地幸福！我要使劲笑给大家看！这种感觉很清晰。

后来我有了许多汉地的朋友，听他们说起自己婚姻的幸与不幸，才渐渐知道，世上还有"离婚"这个词。也知道许多人的感情其实是有隐藏的，当然对物质的隐藏也是经常有的，这是我们当下现代人的悲哀，我们很难信任别人，也很难被别人信任。人们总是不轻易把自己的感情拿出来，因为怕被伤害。

有人对我说："上师，我被骗走过财产和时间，也被骗过感情，现在我对一切都没有信任了！"这是很大的悲哀。我是出家人，听到在家人这么说，很多时候心里觉得沉重，我会沉默。

我不想说无常,也不想说放下,我只希望有缘分走进婚姻的人要彼此珍惜,而需要把幸福演给别人看的人,尽早放下烦恼吧!

咖啡馆里的小金鱼

我以前有段时间在北京学汉语。那时,学校的不远处有个咖啡馆,虽然每次去上课时都会路过,却一直没有进去过。

后来有一天,我上课去得早了些,就带着我的书和笔记本进了咖啡馆,找了个靠窗的座位坐下。我点了杯咖啡,喝起来有些苦也有些涩,于是我加了许多糖。加了糖后的咖啡有点好喝,又有点不好喝。

咖啡馆里人很少,透过玻璃的阳光刚好照得到我。我听着音乐,觉得自己很放松,意气风发,充满了自信,什么也不怕,什么也不用担心,没有任何压力。

时间仿佛过得很慢。

我座位的桌子上有一个小鱼缸,鱼缸里有两条红色的小鱼,因为鱼缸特别小,它们俩只能来回转着圈地游。在此之前,我见到的鱼都是在河里游,而我面前的两条小鱼却只能在这么狭小的空间里求生存,连身体伸直的可能几乎都没有。

我想:"如果它们生在河里,就可以自由自在地游,多好啊!它们长大了怎么办,说不定要在这里待一辈子了。"

我看不出它们有没有不甘心。也许因为它们从来就没有见过外面的世界,所以就很满足现在,觉得很开心。它们想不到外面还有河,还有海,还有更大的世界。这是多么悲哀啊!

这两条小鱼在小鱼缸里转圈游着。它俩有没有在说话聊天呢?我想它们肯定是有交流的。世间的每个人都希望能够和亲朋好友交流内心的想法,因为我们需要陪伴,需要分享,需要快乐。我们小时候,有父母在身边,不需要别人陪。长大了越来越孤独,我们就需要伙伴,不管是动物还是人,都需要交流。许多朋友告诉我,他们非常孤单,有心事没人可讲,有痛苦无处可说。确实,就算有人愿意听,理解我们的人会听得进去,而更多的人可能会冷漠相待。

其实想想,我们都和鱼缸里的小鱼一样,孤独无助,却又无法脱离。如果觉悟到自己的困境,我们就会痛苦,就会拼命想要脱离;如果没能觉悟,暂时会比较开心,但困境其实一直存在,就算当时不觉得痛苦,最终也会在这样的绝境里毁灭。

我们的生命就是这样,美丽是表面,痛苦是实质,我们需要的是觉悟。

累了就放松吧！

我有一个朋友，他说他最喜欢收钱，而最不喜欢的，是把钱给别人。每当把钱给别人的时候，他就无比难受。比如说，从别人那里借来钱放到身边没有什么感觉，一旦要还钱了，他就开始不舒服，尤其是准备转钱的时候，他的心里就特别不是滋味，老是看着银行卡。

确实，我们就是这样的。自己从别人那里拿东西的时候，很高兴；自己的东西给别人的时候，心里就会因为万般舍不得而难过起来。

做人很累，出生后长到一定的时候要开始上学，上学了又要努力考到好的学校，早出晚归很是辛苦；好不容易毕业了又要去找工作；找到工作后又要娶老婆、找老公，然后生孩子。娶老婆又想要漂亮一点的，各方面都要圆满；找老公也是一样的，要帅一点的，而且不仅要帅，最好个子还要高一点，同时还要考虑这个人有没有钱。

从这些方面讲，人活着真的很辛苦。

拥有了这些以后，人们总会认为这永远就是我的了。女人觉得丈夫永远是她的，男人觉得老婆永远属于他。结婚时的愿望都是白头到老，事实上有的是携手终老，有的却在中途就分道扬镳了。一切都是无常的。

有了家庭以后，我们开始追求人世间的各种东西，别人所希求的，我们也去希求。为了我们想要的东西，为了比别人过得更好些，我们想尽一切办法去拼命赚钱。为了这些追求，我们付出了很多努力和代价。最后，有些人得到了，有些人还没得到。不管是否得到，在追求的过程中，大家都有难过、痛苦、委屈，甚至受到了各种各样的伤害，自己也因为贪、嗔、痴、慢造了不少恶业。

我们要知道，一切都有变化性，并不是得到以后就能永恒长久。钱也是这样，我们今天赚来了钱，认为这个钱就是"我的"，放到包里面保管得好好的，放进保险柜紧紧锁住。但明天，这些钱还是不是你的？不一定的。也许小偷来偷走了，也许因为你从别人那里借了钱，别人来找你讨还，你就要从保险柜里面把本来装得好好的钱拿出来还给别人，钱就没有了。

所以，一切东西都不会永远是我们的。

有些人追求财富，好不容易得到了，却没过多久就被抢走或者被骗走了，吃穿都非常困难，甚至还得了各种严重的病，这时我们要明白：这些违缘是我们自己往昔种了这样的因，所以现在得到这样的果报；其他众生也跟我们一样种过这样恶业的因，他们现在也得到这样的果报。

在尘世间一直忙碌不堪的我们已经心力交瘁，是时候停下来想一想：我们想要的到底是什么？我们如此忙碌，真的得到我们想要的幸福和快乐了吗？

如果不是，那就赶紧从不停滚动的车轮里解脱出来，回归到最初的简单里。

累了就放松吧！

你还能听到风的声音吗？

我的一个朋友曾经对我说，下辈子他想要当一阵风。我问，你怎么会想着成为风呢？朋友说，其实我不是为了当风，我只是希望能像风一样自由自在，什么也不当真。不来也不去，不生也不灭。所有快乐和不快乐的时光，所有喜欢和不喜欢的人，不经意间就消散了，没有暂时和永恒，也没有幸福和痛苦。

那时我能感知朋友的苦，或者说朋友沉浸在无能为力中的无奈。我们是六道轮回里流转的众生，没有可能转生成风。我们能摸到风吗？摸不到的，但我们可以感觉到。就像佛法，我们希望佛法能够救度我们离苦，可是佛法也摸不到，但我们一样可以感知。我们在听闻佛法的过程中，渐渐生起慈悲心，渐渐生起出离心，渐渐生起成佛救度众生的心。在六次第的修学中，虽然我们摸不到我们的心，可是我们会越来越快乐、越来越轻松。像风一样，吹过的时候会有凉爽惬意，风走了以后，我们没有贪执，依然可以安住我们的心。

尘世里的我们很忙，如果我问你，最后一次凝神静静倾听风的声音是什么时候，你还记得吗？

我们已经忙得连这样简单的宁静也享受不到了。

我的上师松吉泽仁仁波切传授给我修习空性的窍诀时，让我倾听风的声音。那时我在辽西寺，山上有许多松树，风吹过的时候有很大声音。我专注地听风，渐渐地，未来的事情完全不在意识里了，过去的种种念也不存在了——风儿在我的耳边响，我的当下也没有了。在风的声音里，我突然获得了宁静，一切外缘断尽，心自然而然地安住在不可思议的轻松和快乐里。

我们觉得我们应该更爱自己，所以我们买车、买房，买漂亮衣服、首饰打扮自己，似乎得到了疼爱自己的满足，然后，花更多精力去赚钱、去奋斗、去疲惫不堪。我们认为我们是为了爱自己才去做这些，可是我们多么可怜，我们舍得用宝贵生命里的大量时间装点外表，却不舍得给我们的心一分钟的关注。我们每天刷牙洗澡洗脸，根本没想过清洗一下我们的心。

其实真正的幸福是内心的宁静，是体会到的空性和慈悲，是能救度别人的痛苦。如果我们连风的声音也听不到，阳光的温暖也感受不到，我们的耳朵没有聋，心却聋了，这有多么可怜！

"静听花开"是在寂静里寻找圆满，"倾听风声"是在繁华中取得寂静，同样都是对我们内心的关照。人们认为修行佛法是苦的累的，但这些苦是为了最终的快乐和究竟的圆满。索达吉堪布有本书《苦才是人生》，我很同意，我想说的是：离苦，才是人生目的！

在忙得透不过气的时候,给自己几分钟时间,静下来听一听风的声音吧!

离苦得乐

我们经常说要离苦得乐，可是我看到许多人，一直在小心翼翼地保护着他们的苦，根本不舍得放下。

曾经，有人拿着一些手表，见到我就说："上师，你加持一下，让我的表不要坏掉、不要丢掉。这些都是名表，很贵的！"

也有人拿了一串钥匙让我加持，他说这些都是他家的钥匙。他家大门就有四把锁，但他还是很担心有人会来偷东西，所以想要加持钥匙。

这样的执着，让我们一直很难受。因为，不管财物是否丢失，心里都在惦记、在痛苦。丢了东西，就有失去的苦；没丢东西，就有担心记挂的苦。

所以，对这样的人来说，想要离苦得乐，就得先断除爱执。

前几天，我见到一个师兄，他把他所有的病例都拿过来，说："活佛，您看一下我的这个病例，我有这么多病！"

本来我的汉字就不怎么好，加上医生的字又不好认，我看了一下，就说："我也不知道这上面写的是什么。"

他说："那上师您好好听一下，我给您念。"

然后他就开始念。

终于念完了，他说："我有这么多的病，上师您看怎么办？请您多多加持一下我！"

我觉得其实是他自己心里生病了。如果心里有这么多的执着和担心，那么你就有了害怕；有了害怕，病也会越来越严重。

当然，我们这个身体不用去保养、不用去看病、不用吃药吗？也不是，吃药、看病是需要的，但是我们不能那么在意这个身体。

很多高僧大德圆寂时，会像凡夫一样害怕吗？

不会的，他们知道要离苦得乐，就得在修行中先断除贪、嗔、痴、慢，才能安住在空性里。我们也要这样，尤其是我们在生活中得了病，或者遇到一些违缘的时候，我们更要知道这些。

这样我们的修行境界才会逐步提高，同时，我们也会断除很多执着。我们总是把自己的念头放在担心害怕的事情上，实际上，我们无意中就沉浸在这些"苦"的念头里了。因为心里都是担心害怕的事情，所以我们当然提不起正念来。念佛号的师兄，嘴里念的是佛号，心里牵念的却是他害怕丢掉的钥匙，或者是他身上的病；念心咒的师兄，心里想的全是他的工程项目，这样的话，其实大家念的是病、念的是痛苦。我们的心念没有与佛菩萨相应，相应的却是我们心里那些害怕和担心的东西；那么，我们一心想要的离苦得乐，又怎么可能实现呢？

我们从心里断不了苦，自然也就离不了苦；我们念念想的都是痛苦的事情，怎么能得乐呢？所以我们要从"苦"的根本上去思惟，在生活中起心动念的时候，就要断除执念。这样，"离苦得乐"就不再仅仅是一句空话，而是在我们的念念之中将它实现。

你杀害的是和你缘分最深的人

堕胎也是杀生,而且是杀害与自己缘分最深的生命。

有位汉地的师兄,她三十年前在妇产科上班,每月的工资有几十块钱。她说当时很多人不要小孩就选择打胎,或者生下来偷偷遗弃。那段时间,她救了十六个小孩,把他们全部抱回来后送到了农村,给每个小孩找到了善良的好人家。然后,她一直从自己的工资里面拿出钱来抚养这些孩子,她只给自己留五块钱家用,剩下的全部给这十六个小孩,一直养到他们大学毕业参加工作。这真的是件非常不容易的事情!我很赞叹她,这个师兄真的是菩萨!

我们真正学佛的人,能不能做到她这样?

有人遇到这样的事情,还会给我打电话说:"上师,我怀孕了,这个小孩我不想要,怎么办?"

我只能说:"你自己看着办,最好不要堕胎。"

可是，许多人依旧会去堕胎，然后哭着向我忏悔，还希望我能够帮她超度自己的堕胎婴灵。

这是一件很过分的事情！如果，你不知道堕胎是杀生，那你的忏悔是真心的，也是可信的。可是，你明明知道这样是在伤害生命，然后你说你没办法生下小孩，你只能先杀掉小孩再好好求上师加持来超度！换位想一想，你会原谅这个杀害你的人吗？

这完全是我们的心太自私、太残忍。世间所有的众生（包括动物）都曾经做过我们的父母，我们学佛的人应该要生起无上菩提心，为了救度所有众生而精进学佛修法。不学佛的人，可以先不讲菩提心和救度，但至少要明白，任何动物和人一样，最最宝贵的就是生命，我们有多怕死，它们就一样会有多怕死。吃肉就是在杀害别的生命，堕胎也是在杀害生命，而且杀害的是和你缘分最深的人！所以，不管你信不信佛教的因果轮回，仅从生命平等的角度来看，都应该护佑生命，不杀不吃。

只有这样，我们自己的生命才能平安，我们的内心才能够得到清净。

如水般流逝的时间

一些上了年纪的人总爱说，我们那个时候怎样怎样，或是说，很多年以前如果怎样，那我现在就能怎样了，绝对不会是现在这个样子。听他们说这样的话，再想想我们小时候发生的事情，常常会觉得时间真的流逝得很快。

作为一个旁观者，我觉得很多人的生命每一秒钟都有特别的价值，除了最简单的日常生活，他都在做非常有意义的事情，帮助了无数众生。而有些人的生命，就仿佛是要用来挥霍的，稀里糊涂就过完了一辈子，甚至还危害到别人。

可能有些人觉得自己的人生很痛苦，看到年轻人都好漂亮，而自己已经老了，头发白了，牙也掉了，变得很难看。你不要有这种心态，不要觉得难过，我觉得你是最好的，因为你有信仰。精神上不空虚，对未来不恐惧，这就是我们活着的最大力量。

有一次我到一个城市，我住的酒店的下面有一个广场，许多大妈在跳广场舞。我是中午两点进的酒店，那时她们就已经在跳了，到了晚上七八点，我看到她们还在跳。她们当然是开心的，用点时间健身也很好，但花太多时间就太可惜了！仔细想想，如果大家明白我们真正离开这个世界的那一天，我们的依靠在哪里时，还会不会把大量时间花在这些事情上？你们每天坐一两个小时听课、念经，会脚痛腰痛，但是你没有浪费时间。所以，你就不要再觉得你的人生不好，你在学佛，你在勇敢努力地解决自己的大事，你已经是很好的很圆满的人身了。

有的人说："上师，我虽然学佛了，但我的事业不好了，我的身体也开始不舒服了。"很多人常会有这种心态。其实你是很好很好的，虽然你现在身体有一点点病痛，事业有一点点不顺利，但是我们每个人都是这样，没有人会有完美的人生。人生就像流水，有时候很高，有时候很低。轮回就是这样的，本体是无常。抱怨是没有用的，自己怜惜自己也是没有用的，我们要做的是静下来想想：这一年里我做了什么呢？睡觉、吃饭和必需的工作以外，还做了什么呢？

一般人会发现，我们的大部分时间都浪费了。

那再想：我这么好的一个人身，难道就一直这样浪费了吗？我已经知道了轮回的苦，也想要解脱，也想要帮助别人解脱，可我真正生起慈悲心、出离心和菩提心了没有？

我们会发现，这些都是我们的佛教知识，我们知道的是名词解释，而一点点无伪的慈悲心我们也没有。所以我们就知道，我们已经把我们生命里的许多时光白白花掉了。所以，从现在开始，我们要好好地调整自己过去一些不好的习惯，好好地、清净地修持。

我们就先从珍惜时间开始。

我们观察自己，吃饭要花多长时间？结论是要花很长时间。看手机要多长时间，也一样，甚至是更多时间。

前几天，我见到一个居士，她带了一个很大的箱子，箱子里装了很多很多东西，都是往脸上擦的。

我很吃惊："这个全部能用得上吗？"

大家替她回答说都用得上。说有的是早上洗脸时用的，有的是晚上睡觉前用的。我想，一个画家画一幅唐卡也不需要这么多东西吧！这些全部都用一遍的话，得需要多长时间？如果我们把这个时间拿来学习佛法，会有多么大的成就啊！

其实时间对我们每个人来说都如流水一般，不管你有没有察觉，它都在那里缓缓地不停地流走。你越懂得珍惜，你就越能觉察到时间流逝的速度，很可怕！

每个人的生命或长或短，在这样有限的时间里，我们怎样做最有意义的事情，这是值得我们每个人思考的。

三年前的今天

三年前的今天是个难忘的日子，那天我和朋友聊天，有了一个美好的计划。昨天我打开记事本看到三年前的计划，立刻就回想起当时聊天的气氛多么愉快，想要完成愿望的心情多么兴奋！

三年的时光如流水，再也不会回来了。而现在，我的计划却没有实现，我有些沮丧。如果这个计划能够完成，真的是一件很美好的事情。

由此我想到两个话题，一个关于福报，另一个关于个人愿望和责任。

汉地的人喜欢讲心想事成。我想，真的能事事顺心如意需要很大的福报，而我们遭遇许多不顺，不能实现美好愿望，都是因为我们的福报不够。或者是我们的贪、嗔、痴、慢在日常生活中，不知不觉已经消损了我们的福报，使我们在修行中和面临人生大事时，只好承受种种失意。

经常有人问我怎样可以积攒福报。花钱去放生、随喜建造佛像、做慈善，这些都是好方法，但钱却不是最重要的，否则没有钱的人岂不是没办法做功德了？我想，关键是我们的发心。从一开始学佛我们就应该观察自己，每一个行为是不是有意义，观察我们每一个念头是善还是恶，是不是从内心真的生起慈悲。如果我们并不是为了求取功德而去广行布施，那么长久下来，我们的福报就会越来越多，等我们福报足够，业障清净了，自然就能心想事成了。

在我看来，人生最美好的事情就是可以住在山洞里闭关修行，就像我十几岁的时候在辽西寺那样。可能有人看到一个穿着破旧衣服的人在闭关，会觉得这个人有点傻，认为这有什么意思呢？但这只是他的看法，他的快乐和我的快乐并不一样。

其实呢，我们每一个人都有自己的计划，每一个人也都有着自己的责任。我的愿望是能做自己想做也喜欢做的事情，有足够的时间读书，可以在一个宁静的地方打坐修行，能够和有共同语言的朋友一起交流思想。而我的责任，又让我必须放下自己的计划和个人愿望，放弃晒着太阳打坐或在山洞里修行的美好念头，把我的人生和无数众生连在一起，完成与众生一起解脱成佛的使命。

看到三年前的今天的计划，除了有些失落，更多的是想和你们分享这些心情。我们要珍惜自己的善念，并且努力积累福报去实现这些善念，这样，真的就可以"心想事成"！

生日快乐，死时亦快乐

在汉地，大家很注重过生日，除了给父母老人，也喜欢给孩子过生日，大家总是说："生日快乐！"应该很少听到有人说："祝你死时也快乐！"

其实我觉得死时的快乐比生日的快乐重要得多。因为过生日的时候我们已经出生，除了表达对母亲的感恩，更多是表达对过生日人的祝福。而死亡对我们每个人来说还是未来的事情，能够死时快乐，几乎就可以说明终于修得正果，这还不是最大的快乐吗？

我们都知道，如果修行到一定境界，许多成就者都可以预知死期，能够安详往生。这样的圆寂并不是死亡和终结，而是"往生"净土，所以，这样的死是一件幸福的事。

现在大多数人并不爱听到"死"这个字，觉得不吉利，尤其是我们现在还没有面临死亡，这个问题还没到面前，就更不知道这个事多么重要。

汉族人很重视吃饭。今天刚吃完饭就会想明天吃什么，早上吃什么、中午吃什么、晚上吃什么，想得都很复杂。一生当中，大家为了"吃"这个事情想了很多。也还一直在想我今年赚了多少钱，明年要赚多少钱。但我们赚了多少钱，吃了多少和吃了什么样的东西，在临死那天，能不能对你有用呢？一点用都没有！

那个时候，需要的只有什么呢？如果修了慈悲心和菩提心，那个时候就可以用得上了。修了慈悲心的人，那个时候可以走得很自在。如果我们很喜欢听萨克斯，也喜欢吃面包，那大家说"我们去吃面包吧"，我们心里很高兴，大家说"今天听萨克斯"，我们心里也很高兴，可是如果有人说"我们今天死"，我们听了会高兴吗？不会的。而假如我们修好了慈悲心的话，那他们说"今天死"，我们就会像听到"我们去吃面包吧"一样高兴。

人们都不喜欢听到"死亡"两个字，但如果我们修成了慈悲心和菩提心，就不会有这种心态了。所以，我们修慈悲心和菩提心非常重要，当我们死亡的时候，真正有作用的就是修好了慈悲心和菩提心。

我们每个人都应该认真思考：当死亡真正来到我们面前的时候，我们准备好了吗？有的老人会说，我早就准备了寿衣，连墓地也准备好了。也有人说，我买了很多份保险。

其实这些都不是真正的准备，因为当死亡来临时，真的能帮到你的是修行多年的资粮，是上师加持你的窍诀，是你对上师三宝的信心，是诸佛菩萨对你的接引——而这些，是要你在多年精进的修行中一点一滴得到的。就仿佛是，你在泥土里种下学佛的种子，虽然你去灌溉除草的时候，别人和你自己看到的只是泥土，别人也告诉你，你浇水的地方只有泥土，但你心里知道你种下的是种子，一定会发芽、开花、结果。你用你漫长的修行让你种下的种子成长，当你离开这个世界的时候，是有信心的，你完全知道自己种出来的这个果实是要去净土的。

　　对于别人的误会偏见，你完全不必当回事，只要你知道你种下的是什么样的种子就好！你不必在意别人懂不懂你。你就努力去做！你心里应该知道，你可以得到成就者的快乐，这是对你最大的回报！

世界上最近的距离就是生和死

印度诗人泰戈尔有一首著名的诗《世界上最遥远的距离》，是这样的：

世界上最遥远的距离　　不是生与死

而是我站在你面前　　你不知道我爱你

世界上最遥远的距离

不是我站在你面前　　你不知道我爱你

而是爱到痴迷　　却不能说我爱你

世界上最遥远的距离　　不是我不能说我爱你

而是想你痛彻心脾　　却只能深埋心底

许多人都喜欢这首诗。而我却觉得，世界上最近的距离就是生和死，也就是我们常说的生死无常。诗里令人感动的念念不忘的"爱",是让我们流转、沉溺于轮回却无法自拔的折磨,也就是我们常说的贪欲和执着。我们牵念一切美好的东西,尤其是感情,对于我们喜欢的人总是念念不忘。世界上的人,不管是中国人还是外国人,古代人还是现代人,为爱情写了无数的篇章,表达的就是这个"念念不忘"的爱。这个"爱",是我们往世积下的缘分,拥有的时候确实值得珍惜,但是,明明知道已经无法再拥有的感情,就要学会放下,也只有放下,才不会为情所伤害。

许多人很痴情,总爱发誓说:为了爱情愿意付出生命!

其实,我们世间的爱情就像我们每天不断演出的戏。在早上的那出戏里,你和一个女演员扮演一对夫妻,而下午的这一场戏,你继续扮演着男主角,那个女演员却已经投入地在演别人家的妻子。当另一个人扮演的"妻子"面对你时,你却还惦念着早上戏里的感情,沉溺于其中舍不得放下,这算不算一种错位?

或许第二天,这个扮演过令你念念不忘的你的"妻子"的演员又扮起了你的仇人或邻居,连一直看你们演出的观众都明白你们所有人在戏台上只不过是在扮演一个又一个角色而已,而你却对一个在演出里"爱"你的人苦苦地思念,很可笑也很可怜。

你会不会立刻醒悟:过去的无法自拔是对短暂快乐的执着、贪念?

相比之下,我们更应该知道,我们要认真面对的不是思念——是忘记,而最值得我们思考的问题就是生和死。

生死无常。

要让世界因你更美好

阿底峡尊者说过,我们修持大乘佛法的人一定要注意身口意,观察自己,不能影响别人,不能做让别人对佛教产生邪见的事,否则别人有了邪见,造下的恶业全部会由我们自己来背。

有报道说,有些人放生买了很多眼镜蛇放到公园里面,很多人骂这些放生的人神经病、太自私。被骂的人无所谓,他们觉得没事,别人怎么骂都可以,他们认为:"我的发心是很清净的,我是在救众生做功德。别人怎么骂都无所谓,他们都不学佛,没有慈悲心。"

但其实不是这样。

因为我们的无所谓,给这些骂人的或者不学佛的人心里面种下了一个种子,认为佛教徒都是这样无知又自私的——为了救眼镜蛇,就不顾及眼镜蛇有毒,会伤害许多公园里的人。由此,人们对这些放生的学佛的人有了意见了,对这些人有意见之后就有可能对佛教也产生了邪见。

别人对我们有邪见无所谓，我们都是凡夫，但是他们对佛教有邪见了，无意间就隔断了他们学佛向善的心愿，那我们就造了很大的一个恶业了，这个恶业重得不得了。

作为学佛之人，我们每个人都要好好想一想这个问题：我们的所作所为别人都看在眼里，如果我们平和善良，清净美好，时常帮助别人，那么没学佛的人会觉得学佛很好啊！如果我们皈依了佛门，时常拿着佛珠告诉别人我是哪个哪个法师的弟子，是哪个哪个法王的弟子，但是我们的言辞举止却没有修养，吃肉、喝酒、发脾气、打人、骂人，那很多人就会认为佛教徒都是这样的，我们也就因此给佛教带来了极其不好的影响。

有一次我去了一个商场，当时我只想着买双合适的鞋需要试一试，并没有考虑到我去商场会有什么影响。然而，我去了以后，发现很多人在盯着我们看，我立刻感觉非常惭愧，心想不该到这样的消费场所里来。因为，对根基成熟的人来讲，看到我们出家人买东西也不会太关注，也不会有什么想法；但是对根基不成熟的人来讲，那他可能就会因此有很多想法，甚至还会对佛教产生误解，如果这样，那就是我的过失了。

索达吉堪布在讲《佛子行》时也提到了，在某地一个商场里，有几个和尚在看装饰品、项链、手镯、戒指等这些东西，有人把他们的照片刊登在报纸上并写着：现在疯狂了，和尚都跑到商场买项链去了。其实，真实情况也许不是他们想的那样，这些出家人买饰品可能是供养诸佛菩萨，或者是供养三宝也不一定。但是我们都是凡夫，脑子经常会往坏的方面去想。

所以佛教徒要注意自己的行为，尤其是活佛、堪布和法师，一定要注意这个问题。

我们藏地人去了汉地,我们的一举一动就代表了藏民。如果不礼貌,人家就会认为藏民都是这样子;我们出了国,我们就代表了中国人,如果我们随地吐痰,说话声音很大,就可能会被认为中国人都是这样。

所以,我们学佛的人就不能认为自己就仅仅是自己,随意说话,做事没有规矩。你代表佛弟子,你就必须时刻关注自己的形象和行为。你要让人们因为你而觉得,学佛是一件很美好很有意义的事情,让不学佛的人看到我们的时候很喜欢我们,很喜欢跟我们一起交流和学习,很喜欢跟我们一起修行,一起去帮助别人。

要让世界因为你而更美好。

这些包袱，你背得累不累？

有个老人家跟她的儿媳妇不和，经常和儿媳妇吵架，她很痛苦，就来找我诉说她的难过。她在我面前一直说，我就一直在听。有时候一说就是两个小时，说的都是谴责对方这里不好那里不好的话。

有一次我问她："那你自己有没有什么问题呢？"

她就愣住了。

我跟她说："既然你那么痛苦，如果家里没有什么事情做，你们在一起又会吵架，那不如到寺庙里来好好修行吧。"

一听这话，她又说她想照顾儿子和孙子，她放不下家里。

当然，家庭矛盾大部分是双方都有问题，年龄大的人有她的问题，儿媳妇也有儿媳妇的问题。我们应该挑自己不圆满的方面来改变，总是指责别人并没有什么意义。

有一个居士，和我见过几次。每次见面时，她都拿着一张照片。第一次她拿的是儿子的照片，对我说："上师，你加持一下，我儿子没找到老婆！"

第二次，她把女儿的照片拿了出来，说："女儿没找到老公。"

第三次见面，她又对我说："上师，你要加持一下，我儿子结婚了还没生出孙子。"

她永远想推动儿女的成长和发展，她的心里只装有这些；那么，这些包袱压得她累不累呢？

我问她时，她说："我把这个弄好就可以放心了。"可是，到现在她还无法放心，因为儿女们的事情永远都没有完的时候。

还有一个老人也是这样。我告诉他："需要你拼命干活的时期已经过了，现在是该你的子女好好劳动的时候。你已经过了二三十岁年轻力壮的年纪，在你精力最丰富、身体最好的时候你想做的事，不管你做到没有，都已经过去，现在是你该放下包袱修行的时候。你就不要再去做这些事情，好好地抓紧时间修持佛法吧！"

但是，他总是放不下，所以仍然一直在家干活，还经常因为某些事情发脾气骂他的孩子。种青稞的季节，他们家的年轻人都在睡懒觉，反而是年纪大的人都起床出去做事情；因为人手不够，别人家在地里干活的所有人都回来了，他们家只有他还在青稞地里种地。

这样的老人并不智慧。在该教育儿女的时候没有好好教育，该培养儿女的时候没有好好培养；自己越勤劳，儿女就会越懒惰；自己干得越多，就会越生气，还落得儿女埋怨："我们又没让你干！"

就这样，家里的事情，还有儿女的事情，都变成了他的包袱。我们都看到他很辛苦、很累，但是，他背的这些包袱，一直就没打算放下。

这实际上也是一种贪执：总是认为"我的"孩子生下来以后，我就要养这个小孩；"我的"孩子长大了，我要为他娶一个老婆；"我的"孩子为我又生了一个孙子……这个"我的"就是贪执，虽然是"你的"孩子生的孩子，但那是他的子女，"你的"孩子已经成人，他们会自己照顾自己，太担心，那你一辈子也担心不完，因为你的儿子会有孩子，儿子的孩子还会有孩子……这样没有尽头，你到死那天也有担心不完的事。

色登寺里有养老院，我看到在这里的大部分老人都是这样，牵挂家里的孩子，担心他们什么也做不好。有些人一无所有，反而能够安心地好好生活和修行。

对于爱起烦恼的老人，我都对他们说："你今后不要去找烦恼，你年纪大了，到寺庙来好好修行，吃的穿的我给你！"

如果在家里总是和儿女争吵或者不被尊敬，这个时候我们要关上门，自己在佛堂里面念念阿弥陀佛，念念心咒，不要去管这些。这样去做，比一边为家里人操劳家事，一边委屈怨恨要更好。

世间的每个人都不是圆满的，如果没有宽容心，我们在家里就容易生起嗔恨。这时，不单是对我们的敌人，对亲人我们也生起了嗔恨心，那我们过去千劫所做的善根都被摧毁了；同时，总是生气对自己的身体也不好，家里人也一样处于烦恼之中。

在我们和家人的关系变得互相伤害的时候，我们应该先观察自己的行为，先从自己改起，也许你的宽容能够让对方生起惭愧心而改变一些行为。如果，这些家庭矛盾成为我们的包袱，使我们的身心不愉快而总是处于烦恼之中，那我们就要放下这些包袱；如果，我们不在意这些，也就自然没有烦恼；如果，我们把精力放在修行上，那很快就能够在专注的修行中寻找到内心的归宿和快乐。那时，我们自然也就不会为家人一句说错的话、一些不尊敬的行为而伤心难过了。

当生活的包袱压得我们透不过气的时候，我们要学会放下它们，轻装前进。

最美的爱情是怎样的？

平常我会遇到很多人来祈请加持。许多女居士会说她的老公对她怎么不好，而她对老公又是多么好，说着说着，眼泪就哗啦哗啦流了下来。她们被感情折磨得很苦，满心都是怨恨。不少男居士也会这样说：上师你要加持我，我老婆怎么怎么了……当然大多数男居士会更关注他的工作和事业，希望能够挣到更多的钱，但也看得出来，感情带来的痛苦依旧在折磨他。

也有人告诉我说："我很有福报，我和我的爱人感情非常好，能够共同培养孩子孝敬老人，同时我们可以一起学佛修行。"听到这样的情况，我真的非常随喜，这很难得，要格外珍惜。

我们有这样一个人身非常不容易，夫妻两人相遇也是很多很多年结下的缘分，今世大家能够在一起是非常难得的机会，如果错过了，很难碰上第二次，所以，我们彼此要珍惜，这很重要。男师兄对妻子，应该像对自己的孩子一样；女师兄对自己的丈夫，也应如此。

其实，每一段感情刚刚开始的时候大都是美好的，渐渐地，两个人在现实生活的挤压下出现了猜疑、分歧甚至背叛，这是相互的缘分所致，这时，应该要慢慢学会接受，好好调整自己的心态。或者是通过忏悔和修行，来挽救感情和婚姻。但更多人却由此生起了贪心和嗔心，怨恨对方欺骗了自己或者不像刚开始时那么爱自己了，很多年都在争吵中度过，根本没心思好好生活，更没办法修行了。这个不再美好的爱情，带给双方的就全是痛苦，那你们需要解脱。

我认为最好的爱情是成全对方。如果你真的很爱对方，很喜欢对方，那你一定是希望对方幸福。爱情从来就是两个人的事情，但学会去爱，是你一生的修行。当你的爱不再是为了得到，也超越了交换，那就是纯粹的美好的爱了。

很多人都说过"我爱你"，但真正的喜欢应该是：你要你爱的人幸福，你能够时时刻祝福，真心觉得即使不能在一起，只要对方幸福你就很幸福，为此你哪怕付出很多，甚至会有痛苦也觉得值得，这才是最真的爱情。

现在很多夫妻之间，有的人认为自己爱对方爱得更多，而对方现在却不爱自己了，觉得吃亏……像算账一样，必须一分一毫不差才行。要么就是像交易，必须自己赚多一些才觉得划算，才觉得心里平衡。

我觉得这不算是真正的爱情，不管能不能真的在一起，能不能得到对方的身体和感情，你是出于"爱"才去爱，不是为了"得到"才去爱，你该时刻祝福对方。你可以把记忆停留在最美好的那个时期，或者停止回忆过去的一切，只要你心存善念和祝福，你就会一直存在于最好的爱里面。

  对于修行人来说，感情的变化其实是我们观修无常的最好对境。如果把心念转过来，你不仅不会再沉浸在痛苦怨恨里，反而会在给对方的真诚祝福里修行到真正的菩提。

做一个欢喜的人

不记得是谁说过，他好怀念以前放牛的日子，没有谁是谁非，没有生活压力，没有背叛，没有谁对不起谁，没有钱多钱少，每天只关心牛还在不在。

我想他这样说的时候，应该是他已经很累了，他向往的是简单的、没有烦恼的生活。在当下的社会人群里，我们想要简单而没有烦恼的生活比较难，但是，我们可以给自己的灵魂寻找一个依靠，在我们很累、很迷茫的时候，我们的心还可以安住在宁静里。

我们可以努力做一个时时欢喜的人。

每当我们看到别人做一个善行，我们都会说随喜赞叹，这很好。我不知道大家有没有随喜赞叹自己的习惯？我们在日常的生活和修行中，对别人有很强的随喜心，真是一件很好的事情，这证明我们对别人的功德没有嫉妒，只有欢喜和佩服。其实我们也可以经常反观自己和自己的心，我们现在做每一件事的发心是否纯净？我们皈依的心是不是很虔诚？

我想，我们在世间能够听闻佛法，开始修行，都是有很大福报的。那我们就应该珍惜我们这样的人身和我们闻法的机缘。如果我们的身心皈依在我们对上师三宝的信心上，那么，这个信心可以支撑我们面对一切困难。我们想要修行的信心，也让我们能解决掉一切困难。那我们在修行过程中，就会变得越来越美好。因为，有佛陀的教言和加持，使我们不会偏离。可能我们之前是一个斤斤计较的、总是嗔恨并且自寻烦恼的人，而现在，我们知道什么是最重要的事情，也知道应该放下贪执好好努力，我们会用佛陀的珍贵教言来要求自己，会用善知识的传法来约束自己。

然后，每当我们严守戒律的时候，我们就随喜自己一下；每当我们做了放生、供灯、布施的功德，我们就随喜自己一下；尤其是当我们战胜了自己的嗔恨、贪欲，对治了自己的烦恼，那我们就更要随喜自己一下。慢慢地我们就会越来越美好，我们带给身边人的是满满的正能量，我们带给家庭的是温暖，带给同事们的是亲和，带给整个社会的是和谐。

到那个时候，不光是你自己，我们所有的人，都会真心赞叹你！

卷五　修行到底要修什么

布施

曾经有个朋友生活里有了困难，希望能修行菩提心帮助自己积攒福报，我对他说："你可以去布施。"

他问："怎么布施呢？"

我说："比如你拿出五百块，把它换成零钱。然后你明天去拉萨八角街，那里有很多需要帮助的穷人，汉族人、藏族人都有，多得不得了。你给每个人一块钱，布施给他们，帮助他们。"

这个朋友第二天就去了。他把五百张一块的钱拿在手里，并不断地把一块钱给他见到的人。因为他不会说汉语，所以遇到汉族人时他就没办法，只说："这个钱是我的。"他的意思是，这钱是我给你的。

碰到藏族人的时候，他就说："这个钱是我给你的，我家里现在遇到麻烦的事情，你要知道这钱是我的，我就给你。"他意思是，你要帮我祈祷，帮忙念念经，我是为了这个才给你钱的。

朋友告诉我，那天他给别人一块钱就解释一次。他把钱全部给完就回来找我说："活佛，我把钱都给完了，而且我交代得清清楚楚的，给每个人都说了！"

我就问他："你交代什么？"

他说："我把我现在遇到的问题全部告诉他们了！"

这样的布施你遇到过吗？我见到不少人行布施的时候，是因为自己的财产或生命有了危机，害怕失去这些，希望以布施的功德回向来护佑自己。这样的想法也是可以的，但我们要知道布施的真正功德和意义，尽早打消交换的心态。布施的人，要对所施财物有舍心，希望能够帮助到别人。

不管是一碗水、一碗饭，还是一盒药、一句安慰人的话、一个温暖的微笑，只要是我们怀着慈悲心和恭敬心，把财物分享给别人或是帮助别人的行为，都是布施。布施是大乘修行道六度之首，我们经常能做到的是把自己的衣服、食物送给饥寒中的人，安慰帮助内心有恐惧的人们，这些是财布施和无畏布施。其实，我们以清净心向别人宣说佛陀正法，能够让听闻的人得到法乐，也是很了不起的布施。这样的法布施并不是只有出家人和上师们才可以做的。

重要的是我们行布施的时候，要真正从内心里愿意把我们的钱财，乃至我们最宝贵的生命布施给一切众生，从物质和精神上帮助他们。

有人说我自己还很穷困，我想布施，却没有钱和东西可以施啊！

其实这更在于我们的心。

财布施也好，法布施、无畏布施也好，全在于我们的心念。有很多食物财宝当然很好，实在没有，我们也可以行布施。比如心存善念，和颜悦色地对待别人，不以恶眼看人，对所有人都常怀恭敬谦逊之心。甚至我们把自己的住所、床位、座位让给别人，也是布施。做所有的一切，关键要讲清净心和慈悲心，不求回报，只想着帮助别人。

所以，布施要有一定的智慧。

我们许多师兄也有布施心，但还没有生起智慧的、无伪的慈悲心。比如我们见到一个乞丐，觉得他很可怜就给他一点东西吃。但有些人觉得这个乞丐可能是个骗子，或者觉得对方没礼貌，给他东西也不说谢谢，所以布施给乞丐之后又有埋怨心。我们不能这样想，哪怕是一毛钱，我们也给他，不管他有钱也好，没有钱也好，我们要发纯净的心：我不为回报，看到他在这里乞讨很可怜，我就给他，希望他能早些不愁温饱。

我们从小事开始去练，从小的东西开始去舍，然后慢慢训练熟了以后，大的东西我们就能大大方方布施了，一开始就把值钱的、心爱的东西舍给别人，可能许多人会觉得有点困难！

我看到许多人都愿意帮助弱小，比如贫困的人、可怜的小动物等，我很随喜他们。利益他人，也是在利益自己，因为我们在布施的过程中，已经渐渐放下了不舍的执念，已经拥有了快乐，能感受到慈悲的力量了。

慈悲不是挤眼泪

大家都知道要生起慈悲心,上师也说:"现在我们要生起慈悲心,就算生不起慈悲心的话,你也尽量去想想众生的痛苦,哪怕是造作的慈悲心也必须要生起。"

上师这么说,弟子就坐在佛堂里,然后努力地想,看看自己能不能哭出来,如果不行就再用力去想,再用力地哭。

有个师兄说:"我观想时,会想大家的病苦,再想想能不能把眼泪流出来,之后就一直在哭!"最后她说她实在是哭不出来了。

虽然我没看到她当时的情况,但是我以自己的感觉去判断,这个师兄应该是从地狱开始想啊想,看自己能不能生起慈悲心,生起慈悲心以后能不能哭出来,然后用力在那哭啊哭,最后就想也想不出来、哭也哭不出来了。

这样硬挤眼泪的慈悲心是造作的慈悲心,就像墙上的草一样,它是不定的、左右摆动的。就好比我们看到一个可怜的众生的时候也生起了慈悲心，但当这个众生需要你把自己的右眼给他时，那你刚生起的慈悲心可能立刻就降下来了。

为什么呢？因为这种慈悲心不稳固，也是造作性的。

证悟空性的慈悲心是什么呢？它越来越高、越来越深，是不会动摇的，所以佛陀可以舍身饲虎。这个慈悲是自然的慈悲，空性和慈悲结合在一起的时候，就是证悟空性，可以度化无量的众生。

色登寺第十三世活佛曾经说："我没有什么神通。但我有一个优点——我知道我的缺点是什么。"

大家试试坐在佛堂里面，先不要念课颂，不要祈祷，先找一下自己的缺点在哪里，看能不能找出来。也许能找出来很多很多，也许一点也找不出来，觉得自己很圆满，像皮球一样圆圆的，一个缺点都没有。

如果我们一个问题都没有找出来的话，要么就是这个人已经和佛一样了，要么就是这个人的修行很差，对自己很不了解，心相续还充满了傲慢，也充满了贪嗔痴，所以根本观察不出来自己的缺点。

如果找出来很多问题，那么又可能产生一种情况，就是过度担心，想法多了，顾虑多了。比如说我今天念经的时候，我的发音准不准啊？有些人说："我原来念的是阿弥陀佛，现在念观音菩萨的话，那阿弥陀佛会不会生气啊？觉得对不起阿弥陀佛了。"

有这种担心就是太执着了，这个担心是多余的，没必要的。如果我们能够观察到自己的缺点，能够对治我们的贪嗔痴慢，也许我们并没有流眼泪，但是我们已经生起真正的慈悲心了。

道场之外也是道场

我有一个朋友，他说他在佛堂念经修行期间，吃什么都可以，哪怕当天只吃一碗稀饭也没问题；只要感觉不冷，穿什么衣服都可以；见到什么人，无论这个人说了什么难听话，他都可以忍得了，也能很低声恭敬地对待。但是，只要从佛堂出来，他就总能看到别人身上的很多缺点，非常看不惯；在公司上班时，总忍不住去计较很多小事情；看到桌子上有肉，他就忍不住去吃；出门以后，见到各种人就开始生起贪心、嗔恨心。

他很苦恼地说："我在道场里，可以把心调伏在一种宁静的状态里，可是，一回到生活和工作中，我就忍不住发脾气，争强好胜。唉！这个五浊恶世，众生的恶习太重，对我影响太大了。"

我们很多人都这样，总是从身外找原因，觉得是自己受到了别人的影响。其实，真正的修行人在道场里是怎样的，在道场之外也一定是怎样的，绝不会被其他人所"熏习"，还没来得及去度众生，就已经被所谓有习气的众生先"度"了。

汉地显宗很多出家人和居士，一见面就会合掌说"阿弥陀佛！"我们念"阿弥陀佛"时就有了念阿弥陀佛名号的功德，而且在结这个缘的同时得到阿弥陀佛的加持，彼此互结善缘。当我们念"阿弥陀佛"的时候，应该把这个众生也观想成阿弥陀佛。我们能够做到这样的话，道场内供养的是阿弥陀佛，出了道场见到的所有人也都是阿弥陀佛，那我们就不会再生起贪心和嗔恨心。如果我们能够做到这样，就真的是做了一件很好、很圆满的事情。

真正的修行，就是在日常生活中，让我们的心一直像在道场里一样精进。我们从现在开始，恭敬对待所有人、所有众生。就这样慢慢练习，可能时间久了以后，我们就可以做得到：观想一切众生都是阿弥陀佛，我们的身心都是阿弥陀佛。

如果修行没有入心，还只是在表面形式上，那我们在道场也许可以做到忍辱精进，等走出道场就肯定做不到了。

所以我觉得，道场之外也是道场，不要离开了法会，离开了念佛堂，我们就觉得今天的修行已经结束，可以轻松地想说什么就说什么，想做什么就做什么，没有了敬畏心。

如果你在繁杂的人群里，还能够做到对待身边的每一个人和每一个动物都恭敬；你在单位有切身利益冲突的时候，还能够做到礼让同事；你在拥挤的公共汽车或地铁里，还能够把座位礼让给需要的人；这样才是真正的修行。甚至这样的修行，比在道场里打坐、思惟、专修慈悲心更有价值。

修行并不只是我们的身体在道场，离开了道场就停止下来。如果能够用佛法的智慧来让我们在工作和生活中得到快乐，能够让我们在日常最细小的事情里面关照自己的心和行为，那我们就是一直在精进。

这样的修行方法，对于具备智慧和信心的人来说，是十分珍贵的。

佛珠

我经常看到许多人戴着佛珠，有藏人，也有汉人，但戴佛珠的不一定都是学佛的人。很多人戴佛珠也不是为了念经念佛。

我见过有的人手上拿着佛珠，袋子里还有别的佛珠，一串佛珠用完了还有一串佛珠，但是拿着佛珠念经的特别少。很多人是拿着佛珠在自己手里搓，努力把佛珠搓亮。我真觉得应该把搓佛珠的时间用来好好地闻、思、修。

我上次遇到一个师兄，他和我说话的时候一直在摸着佛珠，但他嘴里什么都没念。

我说："你摸着佛珠和我说话，没念心咒啊？"

他说："我没有念心咒，我在盘佛珠，养这个珠子。"

我说："怎么养呢？"

他说："我每天不停地摸它，摸到最后它就会亮，亮了以后就很漂亮。这珠子是很名贵的红木，我在盘佛珠。"

我觉得太可惜了！太浪费时间了！

现在确实有很多精美的佛珠，金的、天珠的、珊瑚的、红木的……我见过有几个师兄戴着黄金的佛珠，还有人用金子去做计数珠。我觉得这样的话，佛珠慢慢就变成了一种装饰。我们修行本来就是要修平等无分别的心，但我们连佛珠也尽可能用珍贵的材料，把修行计数的佛珠也变成了区分有钱人和没钱人的东西，是多大的误区啊。

其实，佛珠是什么呢？是为了记数，可以在我们做功课时记下我们念佛号念经的数字，也有人是为了让心念专一，不走神、不打妄想，用拨珠子来摄心。我们把佛珠拿到手里的时候，自然而然就想念经，所以我们随手带着佛珠。

可我们现在的许多人把佛珠当作装饰。我想拿到佛珠以后应该要用它多念经，要不然我们拿着佛珠只是搓，搓着搓着就把时间搓没了，那还不如没有这个佛珠。

尤其是我们有很多佛珠，这也是一种贪执。我们应尽量减少佛珠的数量，用一串佛珠，好好念经，这样才能断除执着。很多人的包里面除了有很多佛珠，还有很多加持品。有许多加持品是很好很殊胜，但是我想说，还是尽量少一点，拥有的东西太多了，牵挂就会多，我们应该多想想，要这些的目的是什么。

以前我们寺庙有个喇嘛，在他圆寂的三年前，他已经把他所有的衣服布施给其他僧人，有些寄到了其他寺庙。

他的亲戚说："你为什么不穿这个呢？你全部都供养给寺庙，以后你冷的时候怎么办？"

他说:"我冷无所谓。但是我看到我有那么多东西,就很担心我走的那一天,如果记着这个、放不下那个,那对我来讲会是最大的伤害,是最可惜最可怕的事!"

所以,现在很多学佛的老菩萨们,加持品尽量少一点,否则既浪费自己的钱,又多了一些记挂,而且,拥有那么多东西也没必要。

我们最好只拥有真正需要的东西,比如说供曼扎的时候需要曼扎盘,做施食烟供的时候需要香炉,我们修皈依的时候需要皈依境佛像,这些有了就可以了,不必要有很多加持品、各种各样的佛珠。

我们可以从这些方面尽量断除贪心和执着。

父母就是我们的佛

　　小的时候，我们的世界里只有父母。父母给了我们生命，给了我们一个家，还给我们吃的、喝的和穿的，他们宁可自己累着、饿着，也要想尽办法来对我们好。相信每个人回忆起自己小时候，都会有许多父母疼爱自己的温暖画面。那个时候，我们每个人也都是很爱父母的。

　　渐渐地，我们长大了，有了自己的思想，有了自己的家，同时也有了很多的压力。我们需要应对很多事情，然而对于最亲近的父母，就觉得没有必要去客气，去伪装，对他们说话就很随意，甚至有时都顾不上礼貌了。

　　小时候，我们觉得父母无所不知，无所不能，我们想要什么父母都可以给我们，但是现在，我们却觉得父母懂的东西太少了。我们所景仰崇拜的人，带给我们的震撼越来越多，父母似乎越来越无知，可他们偏偏还要用自己的经验提醒我们应该这样、不应该那样，这些都是使我们对父母不恭敬的原因。

有一种父母，他们年纪大了就爱啰唆了，很多事情都想去关心，甚至我们自己成家以后的各种事情他们也想参与。我们大多都不喜欢这样，孩子们觉得父母很烦，甚至有不恭敬和骂父母的情况。但很多父母年老以后，就会有种永远放心不下儿女的心态，这在我们看来就是干涉"内政"。但是我们爱父母，就不应该抵触他们。我们要理解他们，应该用慈悲心来对待他们的唠叨，我们要修忍辱心，好好孝顺他们，不应该不恭敬。

还有一种父母恰恰相反，他们年龄大了以后反而放下很多东西。他们说："我该做事的时候，已经完成了很多事，也把孩子们抚养大了，现在到了我退休歇歇的时候了。我现在应该放下这些，子女有他们的福报，他们做自己的事情，我们不要管。"

有这样想法的老人是有智慧的。

我们无论在生活与工作中遇到什么样的困难，心情多么不好，一定不要把脾气发给父母，因为老人受了这些委屈，要么就会发泄出来和你吵，要么就憋在心里，那有多可怜！你怎么忍心让真正疼爱你的父母受这样的气呢？

我们要珍惜父母在世的这段时间，因为最终，我们都要和父母永远分离。他们能够在这一世做我们的父母，并且给了我们生命和疼爱，无论如何，我们都要努力从内心去感恩，从行为上去报恩。

我们对佛菩萨和上师都有恭敬心，对父母也应该像对上师和佛菩萨一样去恭敬，发自内心去供养，时刻认为父母就是我们的佛！

不管我们的心情怎样，也不管父母的态度怎样，我们都要高高兴兴地面对他们，让父母见到我们时都有一个好心情。就算是父母责骂了我们、说错了我们、冤枉了我们，我们也要欣然地接受。对于世间和我们没有多少关系的外人，我们都能做到修忍辱，出于礼貌和修养不去计较，更何况是给了我们生命的父母呢？

我的母亲离开我已经二十多年了，我经常会想念她，也常把修行的善根回向给她，但我再也得不到母亲给我的慈爱和关心了，想让她再训斥我一次也不可能了。这样想想，父母还活在世上，我们每天能见到父母，是不是一种很大的幸福呢？

如果供养父母，像对待上师和佛菩萨一样发自内心地恭敬，没有一丝杂念和嗔恨的话，那就是一种非常好的修行，我首先要随喜赞叹你！

供养

单坚护法是藏传佛教宁玛巴三大护法里很有加持力的智慧护法。有一个公案讲到,一个僧人坚持供奉单坚护法,修得很精进,已经到了随时可以和单坚护法交流的境界。

那个出家人非常穷,有一次他对单坚护法说:"我想求点财,你给我一点悉地吧。"

单坚护法说:"好。"

第二天,这个出家人出去化缘,但是什么东西都没有化缘到。他走到一个地方,很多人在那里吃面,他也跑去吃面块。大家一起吃时,别人碗里的肉很少,而他的碗里有很大的一块油脂。

他回来以后问单坚护法:"你说今天给我一个悉地,但我什么都没得到,你的悉地在哪里?"

单坚护法说:"大家都没得到肉,但我给你那么大一块油脂,这就是我的悉地。"

所以我们在供养三宝的时候，发心一定要清净。供养可以对治我们的贪心和吝啬心，更是为自己积累福报资粮的最好方法。我们不管是在寺院的佛像前做供养，还是对着家中佛堂的佛像做供养，都和在佛陀面前做供养是一样的，都有很大的功德。

供养是我们修福报很好的方法，但是一定不要有交易的心态。我见过有人供养了一百块钱后对上师说："上师，你要加持一下让我的家里人都健康！你要加持一下让我的孩子考上好大学，你要加持一下让我的生意越做越大！"他们把供养看成是做买卖，摆了一个条件在这里。有些人在佛面前也是这样的。烧了香以后在佛前非常虔诚地祈祷，全都是要求佛陀要做到的具体内容，有时候比领导给下属安排的任务还要多。

我也遇到过这样的人，他说："我给寺庙五百块钱做了一次火供，现在事情还没有效果，怎么回事啊？你们要把我的钱退回来。"

供养三宝发心要纯净，供品也要洁净。有的人用陈腐的酥油来供灯，有人把自己不要的陈旧衣服和变质食品用来供养，这样不仅没有功德，还会有过失。

很多人都对自己的上师说："我愿意把我的身口意都供养给您！"

这样的发心已经非常大，也非常好，我很随喜！但是上师真正安排一些修行功课给他们，或者是让他们做一些事情的时候，他们就会觉得很苦很累，不去完成，原来他们的"身口意都供养"只是在发心的时候说一说而已。

其实上师不要你身上的胳膊和腿，上师真正需要的是你好好精进地修行，如理如法地闻思修，真正地依教奉行。我们每个修行人把上师交办的事情认真做好、善始善终，努力在修行上有所进步，这才是对上师最好的供养。

佛陀来到娑婆世界度化众生，并不是为了让我们供养回报，完全是出于佛性本身所具有的大悲。而对佛陀最好的供养，就是修习佛法。

管好你的脾气

人的脾气是越惯越大的，相信爱发脾气的人都会同意我的这句话。

一次，有位师兄到我面前来，说："上师，那个师兄和我产生了矛盾，这个结打不开，我看到他就来脾气，怎么办？"

我就问他是怎么回事。

他说："有一次在放生的时候，我手里拿了一个盆子，盆子里装了一条鱼，我正准备要把这条鱼放出去的时候，那个师兄突然跑过来，把鱼从我手里抢走放掉了。从那时候开始，我看到这个师兄就非常讨厌，我不喜欢他！"

我问他除了这件事以外，还有没有其他的冲突？

他说没有，但自那以后他们两个就不交往了。

我说,这么小的一件事,你没有必要那么在意,更没必要嗔恨那么久，他又不是把这条鱼抢去杀掉。你们都在发心做放生的善事，本来应该互相随喜的，结果因为自己的脾气没有管好，才闹得大家一直都不开心。

最后，还是和这个师兄说通了。

我们在这些小的地方一定要注意，没必要由着自己去生嗔恨。而且，即便他故意，也要忍住自己的脾气，因为这也是我们修行的一种对境。

修改我们的脾气，可以从许多细节慢慢去练。比如我们开车的时候，旁边有一个车子一下就抢到我们的道上，挡了我们的路还差点造成意外，我们心里就很生气。我以前也说过，堵车是我们修忍辱最好的时候，为什么呢？本来一堵车，人心里就很烦躁，动不动就爱发脾气，又有很多的车子去超车或者抢道，我们就更容易上火生气，这个时候，恰恰就是我们修行的对境，我们要尽量平稳情绪，正好利用这个机会好好修忍辱。以后慢慢地，我们就比较容易做到面对逆境时保持心平气和了。

又例如今天我们在这里学习，结束了以后出去，你碰到一个不学佛的人问你去了哪里，你告诉他今天学习佛法去了。结果他说学佛有什么意思啊，你们真迷信，真好笑！听到这样的话你马上就不高兴了。其实那个时候，你应该怎么想呢？我们要用慈悲心来对待，然后默默地帮他忏悔，回向给他，这样就很圆满。

如果认为忍耐是没本事的表现，那是你还没有认识到放纵自己的脾气会有多可怕。你如果明明知道发脾气不好，但就是改不了，这也是因为你从内心里没有真的打算改，你还没认识到发脾气就是贪、嗔、痴、慢，这都是会妨碍我们修行的最大敌人。

有的人脾气生来就很好，但更多的人是在修行中慢慢调柔自己的心和性格的。如果能够降服自己的心和脾气，那你就已经是很了不起的修行者了。

喝杯咖啡提提神

索达吉堪布说他第一次到佛学院的时候,晚上看书没有蜡烛,也没有灯,他就出去借月光看书。他多么精进啊!再看看我们,可以舒服地躺在床上,有那么亮的灯,可却有很多人不愿意看书。

以前在学习藏文时,我有一个同学非常用功。我经常看到他读书困得想睡觉的时候,就使劲掐自己,好让自己打起精神继续学习。同学们都很赞叹他,并且以他作为学习的榜样。

前几天,有个师兄问我说,在沙发上或者佛堂里面念经的时候坐不住,能不能躺在床上念?

躺在床上念经肯定是不行的,这样做对佛法很不恭敬。比如,两人交谈,你没病没伤,却躺到床上或是半靠着和别人说话,这样做肯定很不礼貌。我们念经也是一样的,不用说功德、发心和加持,就从尊重的角度来讲,躺在床上念经也是不恭敬的行为。

说起精进，我们应该反观自己：我们现在条件这么好，但是，我们在修持、看佛经、念经和修五加行等闻思修上，却觉得那么困难！过去的高僧大德和上师们在各种艰苦的条件下依然精进地修持，而我们很多人，为了生活，为了享受，为了贪嗔痴慢，甚至为了打麻将、看网剧这些事情，都可以通宵熬夜，不睡觉不吃饭，我们不应该感到惭愧吗？

有些人说："我为了工作，晚上困的时候就喝几杯咖啡，很快就变得精神了。"我认识一个人，他买了好多咖啡，就是为了工作的时候能够喝上几杯，提提精神。

我们有没有因为闻思修时怕睡着而喝过咖啡？

我们大多会想："磕头太累了！我先睡一下吧！"也有人这样想："没事，我困了，先睡一下。我比大多数人精进多了！现在精神不好，念经也没意义了！"

我们不太会为了修行佛法而去喝咖啡提神，不太会想办法把精力最充沛的时间用来修行，而为了世间法和贪嗔痴慢，我们却精神得很！我认识的有些人是不学佛的，但我觉得他们总是很有精神。我想，如果他们把这样充沛的精力全部用来修行的话，那他们肯定成佛了。为什么呢？因为他们可以几天几夜不睡觉而去吃喝玩乐。

有一个人，我见到他的时候，他已经三天没有睡觉了。

我问："你做什么呢？"他说和几个朋友一起喝酒吃饭去了等等。

我说："你不困么？"

他说："到中午的时候眯一下就可以了。"他确实精神好得很。

有一个师兄跟我说："晚上不睡觉，第二天观想的时候，佛就观想不清楚了，迷糊了；我一观想就开始进入睡觉的状态里面去了；有时候，皈依境里面有好几个莲师出来了。我想,这是不是佛菩萨的加持?"

我说:"你这个加持的来源是什么样的?"

他说:"我一般晚上睡得比较晚,要么就是很早起床。没有休息好的时候,就会迷迷糊糊的,一观想皈依境就有点想睡觉的感觉,然后就有好几个莲师出来了。"

我说:"这不是加持,这是你想睡觉了!"

人们把时间花在自己觉得有意义的事情上时,再苦再累也都觉得值得;如果觉得修行不过只是生活的点缀,就难免只会用工作、娱乐之外的时间来修行。也有些人认为,已经花了时间修行,也没见立刻有回报,觉得修行本身是个长期的事情,生活那么多压力,肯定得要先顾着眼前的。

修行就像种花,从播种到开花,从开花到结果,这需要几年甚至几十年的时间,这当然比不上眼、耳、鼻、舌、身、意感受到快乐的时间那么快,那么直接。我们的精力和时间都是有限的,当忙完了认为重要的事情后,还有多少时间可以闻思修呢?我们已经意识到了苦和无常,还把修行放在无足轻重的位置上,真的非常可惜!

我想问你,这一生中你在聊天、喝酒、打麻将、逛商场时花费的大量时间和金钱,得到的欢乐现在还想得起来吗?还感受得到吗?那些快乐有多少可以利益到你呢?而你潜心修行佛法,你累积的对人生、对世界、对因果、对生命、对慈悲、对智慧的了解,是不是让你安心,让你有了方向呢?通过精进修行,你自己也能感知你自己的福报资粮正逐步积累,你离幸福很近,离净土也很近!我们只有具足精进以后,才有解脱的希望。

所以，我们应该把最好的时间和最好的体力，留给心灵的修养，这才是智慧的人生。这样我们所过的每一天，才是真正有价值的。

活佛也是要修行的

小活佛只有"活佛"的名字，要修行到一定的境界之后，才可以接受顶礼、供养和收弟子。小活佛需要培养，需要不断学习和修行，在学佛的次第上，和所有小喇嘛是一样的。

许多人认为活佛的神通很了不起。其实，我想告诉大家：活佛也需要修行，不是一出生就很圆满的。我们修行的心态是觉得自己业障深重，什么都不懂，越修越觉得自己很差，有这种心态才能进步。

有人会说，既然你是色登寺的活佛，你在寺庙里自己修行就好了，为什么还要写书？为什么还要到汉地讲法？

如果我是一个普通的人，别人知不知道我并没有什么关系；但是，我有具德上师传给我的殊胜妙法，可以去救度更多的众生。我怀揣着妙药，却只能眼睁睁地看着众生痛苦烦恼，因为别人不知道我，我也就没有机会把妙药传给他们，这样非常可惜。所以，我觉得我要把色登寺的法脉结缘给这些众生，为此我愿意放弃我最喜欢的静修，走出色登寺，跟大家结缘，给大家传法。

很多人认为，活佛一生下来就什么都有，就是佛，什么都具备。其实，我现在也还是个凡夫，也有过贪心和嗔心，有各种的违缘和障碍，也在努力修行；在困难面前依然要祈祷上师三宝的加持，但是，我通过修行来观察并降伏内心。

小活佛生下来以后虽然是活佛，但是就跟还没有装藏的佛像一样，需要请一个具德上师来装藏，装藏好了以后再加持、开光，然后请到佛堂里面才有加持力，才能成为大家礼拜的殊胜对境。小活佛的修行和训练，都是装藏、开光及被加持的过程，最后修到了一定的境界才是真正的活佛，才有加持力和帮助众生解脱的力量。如果，小活佛生下来以后，什么都不学不修，就这样待着的话，只能有一个"活佛"的名号，他没有修行过，是没用的。所以，汉地很多人认为"活佛生下来就是活佛，就什么都不用修了"，这样的理解完全是错误的。

其实，作为修行者，无论是一个活佛，还是一个堪布，或者是一个喇嘛，大家的发心都不一样：有人想要盖好经堂和佛学院，让喇嘛们和附近的老百姓学佛条件都很圆满，那他自己就很圆满；有人想把自己学的东西传给更多的弟子，让佛的法脉不断传承，让众生得到究竟的解脱，觉得这样很圆满；也有人认为自己在山洞里静修，吃不吃饭没关系，穿不穿衣服也没关系，一切都无所谓，如果到最后能够预知时至，虹身成就，这就是最大的圆满。

一切的发心都值得随喜赞叹，而我的目标是把我所知道的经、律、论传给世界上所有的有缘众生，让大家见、闻即得解脱。所以经堂是要盖的，佛学院是要建的，念佛养老院也是要修的，佛法更是要广传的。虽然这些事在十几年前，别人都觉得不太可能；但是，现在都已经慢慢实现了！我觉得现在更重要的是：无论是学习显宗，还是密宗，希望大家都能了解大圆满的精神。能够传承大圆满的精神是最大的福报！

没事洗洗心

法王如意宝在世时,每当修金刚萨埵的时候,他都会在大家面前说:"我是罪业最严重、最深重的人,我要忏悔。"每次在法会期间或者讲课时,法王如意宝都要忏悔一次。

像我们的上师仁波切,他每次在传法、灌顶或者做开示的时候,都会念百字明,连在给别人做加持时,也会念百字明。上师仁波切经常说:"我们从无始以来到现在造了不少罪业,我们要好好忏悔!"

像他们那么伟大的成就者都要忏悔,我们这些罪苦凡夫就更加需要忏悔了。

很多人早上起床以后,就开始花时间刷牙、洗脸、照镜子。头发要左弄右弄,衣服也不断换来换去,因为想要穿得漂亮一点。然后反复在镜子前左看右看,哪里搭配不对就要重新穿。我们很多人都有讲卫生的习惯,随时随地都想保持干净,如果脸上有一个脏东西或者灰尘,就觉得难以忍受。夏天天气很热的时候，会出很多汗，觉得很臭就赶紧去洗澡；或者手上沾有泥巴，马上就去洗手。但很少有人想过，其实最脏的，并不是身上的汗和手上的泥。

我们无始以来到现在造了很多的罪业，我们的内心才是最需要好好清洗的。尤其是学佛的人，也已经懂得因果、深信因果，过去造了多少罪业，内心是否干净，自己应该清楚。

许多居士每次到上师面前总是痛哭流涕地说："上师，你要加持我，我的业障很深重，请您好好地加持一下，我要忏悔！我知道这个因果，我知道这个是罪业，但我没有办法，我把小孩打掉了！我还犯了邪淫！上师，我要忏悔，请您一定要加持我！"

我们这样去忏悔罪业是很好的，但如果你早就知道这个是罪业，为什么还要去犯这些错误呢？

我曾经见过一个师兄，每次见面的时候她都要忏悔，每次忏悔都有新的内容。

比如今年她说："上师，我要忏悔，我对这个师兄生起嗔恨心了。"

第二次见面，她又说："请求上师加持，我对这个上师生起邪见了。"

到了第三次见面的时候，她说："上师你要加持我，我又做了贪、嗔、痴、慢的坏事情。"

金刚萨埵的修法里面，最重要的是对过去所造的罪业生起后悔心，然后真诚忏悔，忏悔之后要发誓："我从此不再造这样的罪业了。"这样才是真正的忏悔。如果今天忏悔一次后悔一次，明天又造新的罪业，或者每次忏悔以后，还是去犯同样的错误，那还能忏悔清净吗？

我们必须相信因果、深信因果。我们知道自己过去造了那么多罪业，现在就要好好忏悔。要常常清洗我们的心，往世的尘垢要洗除，这一世的贪心、邪见、嗔恨都要时常去观察，去清洗掉。

我们经常赞叹大成就者和真正的修行人，其实上师们的清净，同样是时常观察自己、时常忏悔的结果。我们修行过程中的积资净障，就是要常常洗自己的心，断恶修善。

牧童的发心

藏地有许多放牛的牧童，汉地的乡下应该也有这样的孩子。他们早上起床以后，会把牛带到有草和水的地方放牧。牧童想：这些牛是我在看着，那么哪里有好的水和草，我就要把牛带到哪里去。我吃不到饭也无所谓，只要牛吃好喝好就可以了。

很多放牛的孩子都有这种想法。而且，牧童总是要走在牛群最后面，因为，如果他走在前面的话，就看不到身后的情况，随时会丢掉他的牛。

我们修行人应该怎样发心呢？有三种发心。第一种是国王的发心，第二种是船长的发心，第三种是牧童的发心。

国王想，我现在要学习佛法，我要成佛；我成佛以后要去度大家。他觉得要先当国王，然后去帮助老百姓，这叫国王的发心。客人坐在船上，船长也在船上，大家一起走，那船长就发心：我要成佛，同时众生也要一起成佛，我们一起去彼岸。所以，这叫船长般的发心。最高的发心是什么呢？就是牧童般的发心。牧童没有为自己考虑，想的和做的全是帮助牛群。

汉地尽人皆知的大愿地藏王菩萨就发过大愿："地狱不空誓不成佛！"——只要可以救助众生，那我以后继续流转六道也可以，我要让其他众生先成佛！这种"众生不成佛我就不成佛"的精神，是所有佛教徒应该有的发心。

但假若只是每天念一念发心文，那是一点点力量也没有的。我们平时在工作的时候，如果从早上到了中午干了许多活，却还没有喝水吃饭，又渴又饿，天气还很热，这时旁边桌面上放了一碗水和一份食物，有谁会想：这么多人，只有一碗水，只有一份食物，那我不吃了，让大家去吃吧。

然后，我们饿着肚子回家。路很远，我们走得很累的时候，有辆只能搭载两三个人的汽车停在路边，而我们一共有二十多个人，这时你能不能让身体比较弱、年纪比较大的人坐车先走，自己继续坚持走回去？

这是很难做到的。我们可以在短程旅途中给老人让座位，却难以做到在行驶十几个小时的长途火车上把座位让给别人。在更长的旅途中，甚至还有可能会去抢唯一的一个座位。如果做不到，那就说明我们没有做到真正的发心。念经时可以随随便便发大愿：只要众生成佛，我不成佛也无所谓，为了帮助众生，我要努力修行。这是多么好的发愿啊！但是在面对一碗水、一个座位的时候，真心就被试验出来了，我们是不是应该感到惭愧？

其实，只要我们能够真正地发心，不管你想发起国王式的菩提心、船长式的菩提心,还是牧童式的菩提心,都是已经有了自度度人的发心了,是值得我们随喜赞叹的!因为,你在践行佛陀的精神!

你的敌人是谁？

噶当派的成就者奔公甲格西在出家之前，家里有多得不得了的武器，当然，他的敌人也多得不得了。后来他出家了，之后他的内心起了变化，生起了慈悲心，他的敌人也就没有了，武器也没有了。

很多时候我们会觉得：我没有找别人麻烦，也没有做什么坏事，为什么那些人总是给我带来很多麻烦？一定是因为他恨我！

因此，我们就觉得这个人是我的敌人，那个人也是我的敌人，我要想办法把这些敌人全部灭掉！我们有这种想法，然后就往这个方面去追求，可是你一辈子达不到这个目标，你降伏的只是一部分，你内心的敌人永远在伤害着你。

实际上是你自己有问题。首先，我们要找出自己的问题在哪里，然后再解决。如果你身上没有问题，别人还来找你麻烦，那是不可能的。所以我们要调整自己的心态，以慈心和悲心来对待自己的嗔恨心。只有用正知正见和慈悲心、菩提心来对治，熄灭嗔恨心，才可以降伏得了这个敌人。光脚走在充满荆棘的大地上会让人很痛苦，能不能用毡子把大地全部盖起来呢？不可能的。我们可以买一双鞋来穿，这样的话问题就解决了。光脚走在充满荆棘的大地上代表轮回的痛苦，穿上鞋子代表如法降服自心。

我们都遇到过这样的问题，比如说十年前的一些事情现在还记着，心里很难受，一直很生气，想着怎样报仇。同时也有一些自己不喜欢的人，看到他心里就很难受，不想看到他，就是想想对方也会生气，只盼着把对手灭掉，而对方可能完全不知道，或者根本没在意。

所以，我们的敌人往往不是外面的人，更多是我们内在的烦恼、嗔恨、不满足和不原谅。如果我们把心量打开，再细想想，许多一直使劲计较的事情完全就不值得去考虑了。

《金刚经》里有一句"……云何降伏其心"，其实这是我们修行中要时时刻刻牢记的。我们心里生起的无数的烦恼和嗔恨，如果没有智慧的慈悲心来对治，只是靠强忍耐来压制，暂时似乎还可以，但真正的敌人还一直生存在我们的心里，随时可以冲出来伤害我们。就像我们生活中遇到许多高大强硬的对手，靠体力打架解决不了问题，也无法取胜，那我们就需要靠智慧的劝说来化解。

确实，只要我们用慈悲心来调伏自己的心，一切都不会伤害到我们。同样的，我们生起了慈悲心以后，就不会有各种敌人，也不会有仇恨，我们的心需要调柔到没有敌人的状态。

如果我们想要离苦，想要救度众生，那就先断除自己和众生、自己和自己的敌对吧。

求佛

有一次，我去汉地的一个寺庙朝拜，进去的时候，遇到一个人。当时我拿着佛珠跪下来默念四皈依，那个人在我旁边。他拿了一百块钱放在手里，然后就对着菩萨说话。

他的声音特别大，我能听到他说："菩萨你要加持，我明天要去某某地方，希望我遇到某某，希望她很喜欢我，很满意我，你要加持，菩萨你要加持我！"他一直在大声祈求着，对菩萨说得很认真，从他的声音就能感受到他心里很着急。

我们都对佛菩萨有祈求。许多人心里有个执着，认为自己在祈求时，声音大一点的话，佛就能听得更清楚。如果声音小一点，佛就听不到了。他把佛当成凡人，担心如果自己说得不清楚，那么佛对这个事情肯定就不清楚了。他对自己很用力，跪在佛的面前说："菩萨，你要加持，你要慈悲加持我，我不要遇到一个对自己没有帮助、对自己有损害的人，你不要让我遇到这样的人。"

我们想想自己是不是也这样？进了寺院的时候，心里充满无限的愿望，满心想着的都是自己的打算，想着千万别漏了哪一条，总是在一直求：希望我成为最有名的人，希望我成为最富的人，让我更有钱些，让我的病赶快好，让所有人都说我的好话、赞叹我……我们对佛菩萨的愿望希求真是无量无边！

也有人会说，如果我实现了愿望，我会为佛菩萨或者为寺院做事情，我也不是白白求佛的。如果佛菩萨让我实现了愿望，先让我满意了，那我就有所回报，去做一些帮助寺院或众生的事情。这多少还是有交易的意思！

有个师兄讲过一件事，说有人给寺院捐了十块钱，过一段时间来质问说："我要做一桩能赚一万块钱的买卖，都已经来寺院交了十块钱，给菩萨磕了头，结果生意没有赚到钱！"

大家开玩笑说，这个人就是占便宜的心理嘛！自己布施十块钱，没赚到自己预想的一万块钱就愤愤不平，他心里想得多么划算呀！他一定觉得给寺庙"投资"比去炒股票更稳妥呢！

其实我们在世间的福报不是求来的，而是修来的。"求佛"不如"发愿"，不如尽快去"修行"，这样更能解决我们面对的问题。因果是不虚的，同样的愿望，如果我们仅仅是在求，你没有种下这样福德资粮的因，诸佛菩萨也无法给你强加一个果。就像我们没有在泥土里播上种子，而你去求泥土里长出你想要的大树，这显然是不可能的！求也只是白求，想也只是妄想。而我们发愿，就像在泥土里种下一颗种子，如果我们愿意精进修行，能够坚持去浇灌善根，最终我们的种子会慢慢长成大树，我们的愿望最终也会实现。

所以我觉得，我们当下要做的是踏踏实实修行。如果真的想要去求佛，那就求佛菩萨加持你，给你慈悲和智慧，让你能够尽早证悟菩提得到究竟的解脱。如果你怀着为了救度一切众生而学佛的愿望，你的发心就和无数修行人的发心一样了，那诸佛菩萨一定会加持你早日实现这个愿望的！

舍得，舍不得

我曾经看过这样一个故事：一个老人家快要去世了，但他放心不下他的孩子们，就把他的三个儿子叫过来。他把家里的房产证拿给大儿子说："你已经有妻儿了，这个房子给你。"

然后又把二儿子叫过来，把自己存钱的卡交给二儿子说："这里面有钱，我给你。"

最小的儿子还没有找到老婆，老人就说："孩子，我准备走了。房子已经给了你大哥，钱已经给了你二哥，我这个电话号码本给你。这里面有几百个女人的电话号码，这就给你了。"

这虽然是个笑话，但老人们大多都是这样对孩子念念不忘地牵挂，担心孩子没有房子住、没有饭吃、娶不到老婆，为了孩子他们什么都舍得。

父母对自己的儿女是最无私的，为了孩子甚至连生命都可以奉献，儿女要什么他们都可以舍得。相比之下，儿女对父母的心就往往自私一点；兄弟姐妹之间，这样无私舍得的心就会再弱一些；然后是亲戚、朋友、同事。也就是说，我们是以这个人和我们关系的亲疏远近、是否值得来决定能不能舍得。如果对方是一个能给自己带来利益的领导，那花再多钱、送再贵的礼物也舍得，这是在心里先盘算了一下才做的，是一种交易。

我们每个人都有自己心爱的人和事，对于"我"的"喜欢"，往往都舍不得和别人分享或送给别人。但是我们修行要有成就，必须要修布施，这让许多人觉得很难。对于不太值钱而且自己也不需要的东西，大家觉得布施出去并不太心疼，能舍得。可是如果要把自己最珍贵的东西布施给别人，尤其是给自己并不喜欢甚至讨厌的人，这几乎是不可能的。

我们为什么要布施呢？

是为了让众生现在得到安宁。

怎么修行布施呢？

我们反复地想：我就是为了让众生现在得到安宁而布施的。

还没有进入修行的人们可以这样修。比如说，自己有最珍贵的东西、最舍不得的东西，这些我全部要送给需要的人们。想一想你卡里面有多少钱，把钱取出来，就开始想起很多的众生，然后把他们观想在自己的旁边，把这些钱拿出来给他们。当然你不能再想这是我观想的，反正不是真实的，修完以后，钱还是我的。你要真实观想你把这些钱舍出去，布施给他们，解决了他们的饥饿穷困，他们很欢喜，你也很欢喜。

已经修行的人们除了这样观想去修，还可以这样修：我们今天刚好做完五加行，修五加行的过程中所有的观想、祈祷、念的心咒，我们就把这些功德全部观想起来，把它布施给众生。

这个时候，就算是修行人，也会有一点舍不得的感觉。

如果我们修行到可以舍得了，那再进一步：假如我们学佛十年了，那这十年里面，我们念了多少心咒？供养了多少钱？做了多少善根？我们把它们全部想一想，想好以后一点不留全部给可怜的众生。

可能还会不舍得。如果我们修行到可以舍得了，那就再进一步：我从现在开始到死，乃至生生世世到最后成佛为止，我做的一切善根，我的一切福报全部布施给所有众生。

这确实有点困难。但我们要这样认真地观想，把所有的善根一点都不留，全部布施给他们。我们打坐的时候就这样想，我们重复去想、去训练。而且要想：我不讲任何条件，不求任何回报，现世也不求，来世也不求。

我们打坐的时候这样去想，我们也要训练出坐以后在生活里真的做到这样。

如果觉得实在太困难了，认为这可是真真实实的生活啊，那我们怎么办呢？那么从现在开始，在吃饭的时候先做了简供再吃，你不会简供的话，就念阿弥陀佛，也可以念观音菩萨心咒。每天把自己的食物在吃之前先布施给众生，这也是布施的一种。

汉地有一个说法，"舍得、舍得，有舍才有得"。这当然是从因果的角度去讲，是劝化大家要有布施心，现在舍出去，将来肯定会有更大的回报，这是劝人向善的意思，和我们无私的不求回报的布施心，还是有点不同的。有的人说，应该是先得才舍，没有得到东西的话，又拿什么去舍呢？

其实，我们要修的，是一颗真正舍得而慈悲的心。

十五的月亮

我们在修行当中也要量力而行,但是一旦决定了方向目标,就要坚定不移地走下去,这是生活的窍诀,也是修行的窍诀。

我们在佛学院学习的时候经常会考试,每次大家心里都很害怕。而我刚进入佛学院的那年才七岁,就要去面对考试。考前听说那天七个出家人中第一个考的就是我,他们都排在我后面。我从来没有考试的经验,心里很着急,几天都睡不好。

我们的堪布说:"害怕的时候要抓住自己的心,要冷静。你们在最困难的时候要坚强,要想到自己是有这个能力的,不用担心。这样的人才有本事,最后才可以学成,成为班智达。学佛法的知识,你越怕越没信心就越学不好。"

堪布说了以后,我也觉得是这样的,于是调整了自己的心态,心里就安静了下来,那次考试的成绩很不错。

当我们面对痛苦的时候要坚强，这很重要。在遇到一些世间法问题的时候，比如说事业上遇到违缘，家庭里出现了问题等等，学佛十几年的人反而慌乱了：怎么办？我完蛋了！这都是因为定力不够，没有信心引起的，内心容易波动而飘浮不定。所以，我们一定要有足够的定力，同时要明白这些都是三宝的加持，是给我们修行的机会。并且，我们要把恶缘或者违缘转为善缘，转为修行的助缘。能够做到这样，才是有了一定的修为的表现。

在生活和修行中一直安稳无事，这是不可能的，我们都会遇到各种各样的麻烦，在家人是这样，出家人也是这样。我自己也曾经在修行的过程中，遇到过很多需要去解决的事情。

有一年秋天，我们去化缘，化缘回来时每个人都有了一点钱。那个时候我们年龄都比较小，回到佛学院以后，大家经常忍不住去买方便面和百事可乐。上师说："你们去化缘，有了一点钱就用掉了，这样做肯定是不对的。应该慢慢去花这个钱，买一些生活必需品，不能一下就花掉。一年有三百六十五天，每天都需要吃饭，都要花钱。如果学期没结束就把钱花没了，你们怎么办？那时候佛学院的课程安排也很紧，如果你说：'堪布你停一下讲法，我要去化缘，等我回来以后你再讲课！'——这是不可能的。所以你们现在有了一点钱，应该想到为了学法要节约，学会计划，不能把它全部用掉。"

我们大多都是从小就到寺庙里出家的，上师仁波切像父母一样教我们怎么生活，这是很好的。从另一个角度看的话，我们每个人的生活应该怎么过？我觉得应该按照自己的能力去过。

很多人拥有了一点福报以后，就像汉地那种"暴发户"似的开始买金子、银子，脖子上戴很多的装饰品，用名牌的东西，觉得自己很了不起，人们把他们这种行为叫"炫富"。有的人心想，天下唯独我最厉害，这个天下最大的就是我，有这种傲慢心，说话的语气也不一样了。

其实，我们所有人的福报就像月亮一样。有了福报要用来结善缘，利益大家。比如赚了钱我们就去放生、去做荟供、去结善缘做功德，那你的福报就像初一到十五的月亮一样，一天一天地增长。你本来就有福报，福报还会越来越大。如果你有了一点福报以后，你不做善根，而把它用掉的话，那就像十五之后的月亮一样会越来越小，最后成了细细的一个月牙。

所以，我们的生活要按照能力去规划，如果根本不看自己的能力，超越了自己的能力去妄想欲求的话，又有压力又有烦恼。

我们在修行当中也要量力而行，但是一旦决定了方向目标，就要坚定不移地走下去，这是生活的窍诀，也是修行的窍诀。

水晶

你丢过东西吗？那些丢了的东西，仿佛未曾拥有过，却也还有着拥有过的痕迹；或许它还存在于这个世界的某一个地方，或许它已经被另一个人拥有着，但和你已经不再有任何关系了。这和我们的梦多么相似，和我们的轮回多么相似。

一切犹如梦一场，那你还牵念什么？

今天我们的眼睛看到一个很漂亮的东西，心里便会想这个东西好漂亮，很快就生起了贪心和贪执，希望得到它，希望这是"我的"。我们心里有了这种想法，实际行为上也有了追求，这就是我们内在的执着和外在的执着。

那么，执着的来源是哪里呢？

比如，这里有一个袋子，袋子里面装的都是我们认为喜欢的、重要的、不舍得丢掉的东西。袋子已经装满了，非常沉重，我们却愿意背着，哪怕压得自己走不动路，哪怕因为害怕丢掉而天天烦恼着。我们就是不肯放下这个袋子，绝对舍不得丢掉袋子里的任何一样东西；也许将这些东西放在别人眼前，人家连看都不会看一眼，而我们却都当成了宝贝。

这就像我们的心里面装有很多东西，上师和佛菩萨都叫你放下，而你就是做不到。有人自己也知道很多事情必须要放下，否则会很难受、很痛苦，但仍然做不到放下。

为什么会这样？那是因为无始以来，我们对这个贪心串习得太久太久了，一直有执着，对自性本来的清净不明白。我们有贪、嗔、痴、慢，认为袋子里的是真的，就一直在这个里面去执着、去追求。

然后就是我们现在这个样子：在轮回里面无奈地流转，贪嗔痴慢很重。

普贤王如来告诉我们，我们的本性非常清净，安住在这里就成就了，我们却做不到。我们是轮回里的凡夫众生，因为我们对外在的执着和内在的执着放不下，所以就有那么多的分别念和那么多的执念。

我们每个人都有一颗水晶，这颗水晶就是我们的本性。但是，我们大多数人的水晶，都已经被尘垢完全包裹，没有了通透和纯净。我们甚至都不知道自己拥有这样的如意宝。

我们说"心中有佛"，说的就是这个本性。本性清净时，就像水晶一般非常光明而纯净，没有一点污染，也没有一点杂念；当我们没有杂念时，也就远离了一切戏论，不生不灭，不来不去。禅宗里边讲的也是这个，中观里边也讲的远离"四边八戏"，都是这个，然后就像水晶一样清净，这就是我们心的本性。我们现在要知道有这个"水晶"，必须要发现它，找到它我们就可以把附在它上面的污染杂念洗掉，也就是把我们都有的贪、嗔、痴、慢和杂念洗掉。当水晶的本身显露出来的时候，本体就出来了，非常漂亮，纯净、通透没有杂染。

其实，修行就是洗心的过程，是让我们自性的水晶越来越纯净的过程。

贪念

我们大家都喜欢美好的事物。

我们的眼睛看到很多东西，就生起了贪心，喜欢看。耳朵也一样，听到各种声音，尤其是别人对自己说好听的、赞叹的话，我们就很喜欢听，并且希望有更多的人夸自己；如果旁边有一个人讲的是你的坏话，说的是你的缺点，这个时候，你的脸色就慢慢变得不好了，也不喜欢听了。鼻子也是这样的，闻到一个好闻的味道，我们就不断地想闻。嘴巴也是，有美味的食物，我们就想吃，不断地想吃。

"贪心"这个东西，如果自己不控制、不舍弃、不放下的话，它是永远停不了的，只会越长越大。的确，我们的贪念就像一只小动物，这只小动物被我们自己一点一点培养起来，当它长得越来越大，已经大到要危害到我们生命的时候，我们往往还是割舍不掉。

为什么我们有喜欢听和不喜欢听的分别呢？因为在贪心的基础上，

有了执着。我们去追求这个的时候，贪心就会越长越大。所以，我们今天喜欢听好话，明天也想听好话，而且，一看到说好话的人，就会很开心，然后跟着他一起走；如果是说不好的话的人，我们就不会喜欢他。

有个老管家跟我说："我们以前建寺庙小经堂的时候，我觉得只要有一万块钱，就已经足够做很多很多的事情；但是有了一万块钱以后，又觉得要有十万块钱就好了；十万块钱有了以后，还是觉得差很多钱，愿望就变得越来越多。所以，我们一定要停一下，或者根据能力把现在手头的事情做好，不要再去想太多。不然的话，我们会需要得太多，就永远都满足不了。"

最后他说："我们一定要控制自己。不控制的话，那就会有很多欲望，太多了。"

确实，仔细想想，我们的贪心被我们训练成什么样了呢？如果我们的心胸宽阔得像天空一样该有多好啊！别人骂你不会生气，别人打你也不会生气。但是我们练习的却是贪欲心，把自己的贪欲心变成和天空一样大！自己也满足不了自己的心，烦恼和更多的痛苦就会显现出来，像喝盐水一样，越渴越喝，越喝就越渴。

我们越是享受眼、耳、鼻、舌、身、意带给我们的享受，就会越增加贪心，所以我们必须要舍弃这个。

放弃让我们贪恋的事物，心就自由了，再也不会为贪念所累了。

我们该具备的智慧

我曾去过梅里雪山，那一次有很多藏民跟我一起去转山。当我们的卡车到了山脚下时，突然有一个警察把我们挡住了。当时卡车上坐了很多人，他说："你们卡车的车厢里不能拉人，必须要坐大巴车，否则很危险，不许走！"

那个警察是汉族人，我们车上这些人都是藏民，听不懂汉语。这时我们车里有个会说汉语的藏族人，他下车跟警察说："警察，我们那么远过来转山，这里没有中巴车，只能靠走路了，别人坐的也是卡车嘛！你不要挡住，求你放我们过去吧！"

警察就开始犹豫了，因为除了卡车，附近确实没有别的车。一车人有老人和小孩子，靠走路是不可能的。

当时我们车上还有一个人，他爸爸以前是土司，所以藏民们对他比较尊重，他自己心里也充满了傲慢。因为在他的老家那边是他说了算的，所以他以为这个地方也是一样。他就下车到了警察面前说:"你不要说了,我是有身份的人,你不要挡住我!"他态度傲慢地这样说。

汉族的警察听不懂,懂汉语的那个藏族人就这样翻译:"谢谢你,警察,你就放了我们吧,你看他都那么老了,头发也白了,年纪也那么大了,我们是去转神山求菩萨保佑的,你就放一下我们吧。以后再不这样了!"

听了此话,警察态度缓和了一些。结果土司的儿子却认为:我说话很厉害嘛,大家都怕我,警察也怕我!

就像我们在盲人面前放上不同颜色的东西,在耳聋的人面前说好话和坏话一样,结果都是相同的,没有分别。今天我们眼里的一切,比如山河大地、男女老少,所有能看到的事物,就是我们的世俗世界。修行到一定时候,虽然还一样能看得见、摸得着、听得到,还有冷、热、快乐、舒服、难受、痛苦等感受,但那时我们已经没有了执着和分别。

我们放不下"我执",所以很容易欢喜,也容易伤心,很容易狂妄自大,也容易自暴自弃。比如说我们今天很快乐,就非常欢喜,想要这个快乐永驻;又比如今天看到一个漂亮的东西,立刻就喜欢上了,并希望一直拥有它。拥有之后一旦失去,就接受不了。这说明,"我执"一直在心里。

水面上有月亮的倒影,那月亮是漂在水面上,还是水的底下,又或者是水的中间呢?

其实水里没有月亮。大家的痛苦和快乐,也是一样的。

对于世间的一切,佛陀都是清清楚楚的。修行到了一定时候,通达了空性,没有执着也没有分别。当断除了"我执"和"法执"之后,就不会像世俗的凡夫，有很多追求和放不下的东西了，因为一切都如彩虹一样易逝。

我愿为你承担一切的苦

朗日塘巴格西的修行窍诀是这样的:有损害的、没有利益的坏事情,都由我来承担;有利益、胜利、快乐和幸福的事情,全部都奉献给别人。朗日塘巴格西一生中一直在思惟、一直在修这两句话。

朗日塘巴格西圆寂以后,恰卡瓦格西去了另外一个格西家里。那个格西的枕头旁边放了一本小书,恰卡瓦格西打开就看到了这两句话。于是,恰卡瓦格西问那个格西:"这个话是谁说的?"

那个格西说:"这是朗日塘巴的窍诀。"

恰卡瓦格西问:"朗日塘巴现在是在哪里呢?"

那个格西说:"他在朗塘闭关。"

恰卡瓦格西自那以后就开始去找朗日塘巴格西。他到了离朗塘还有一段距离的拉萨时,就打听朗日塘巴。

一个人说:"朗日塘巴已经圆寂了。"

他问："朗日塘巴圆寂了以后，他的弟子中有没有懂这个窍诀的？"

那个人说："他有两个弟子。但是他们两个因为这个寺庙有争执，现在两个人是分开的。"

恰卡瓦格西觉得，朗日塘巴是那么殊胜的上师，但是他的两个弟子却为了寺庙发生争执，那他们肯定是没有这个窍诀的。

而事实上，朗日塘巴的两个弟子是彼此尊敬、彼此赞叹的，都对佛法有清净心。一位格西说："朗日塘巴上师的功德在你的身上全部具备，你是最殊胜的，你一定要当住持。"另外一位格西说："上师所有的功德全部传给你了，你是最殊胜的，你要做住持。"最后，两个弟子都没有去当住持。

恰卡瓦格西听到这些的时候就问："现在还有哪个上师有这个法？"

他一直打听，最后知道夏日瓦格西那里有这个法。

然后，恰卡瓦格西就去夏日瓦格西那里求法。他到寺庙时，夏日瓦格西正在传法，当时有几千个人在那里听法。之后，他听了六天的时间，但是，类似这两句话的窍诀，他一句话都没有听到。

恰卡瓦格西想，这里还是没有这个法，那我还是离开这里吧。离开之前，他看到夏日瓦格西在转经堂，就跟去见他。

夏日瓦格西问："您有什么事吗？"

恰卡瓦格西说："我看到了两句窍诀，所以我到这里来求这个法。但我这几天听法的时候，并没有听到类似的殊胜窍诀。"

夏日瓦格西说："我现在也在修这个法。我一直在心里思惟、修习的法就是这个法。除了这个以外，我没有什么其他的法。"

恰卡瓦格西说："那您能不能传给我？"

夏日瓦格西说:"我可以传,但是你必须要跟随我六年,我才可以传给你。"

恰卡瓦格西就跟随夏日瓦格西了六年,最后修了这个法,成了成就者。

那他成就了以后怎么样呢?他一直在传这个法,就这两句。而且噶当派后面的所有上师们,每次的所作所为都是:一切功德回向给其他众生,自己拥有的一切福报全部给其他人;其他众生那里有什么不好的、有什么障碍、有什么灾难,全部由自己来承担。

窍诀看上去很简单,只有两句话,但对于我们大多数的人来说很不容易做到。我们经常可以看到,当孩子生病的时候,父母会抱着孩子愿意替孩子去承受病痛;亲人们之间看到对方有痛苦,我们也许会愿意替对方承受痛苦,但是对于别的不相干的人,我们就很难生起替别人承受痛苦的心。这样一心想着别人,完全没有自己,不求回报,不求做功德,也不求别人赞叹,只是全心想着要对方好,其实就是无伪的菩提心。因为我们还有分别念,没有办法把所有人都当成自己的孩子、父母、兄弟姐妹、爱人来对待,那自然不舍得把自己拥有的幸福全部送给别人。

当我们心甘情愿为所有人承担一切的苦,我们就拥有了朗日塘巴格西修行的窍诀,我们可以学习他这样发愿:有损害的、没有利益的坏事情,都由我来承担,有利益、胜利、快乐和幸福的事情,全部都奉献给别人!